Bajo su poder

Jane Porter

Bianca®

◆HARLEQUIN®

Editado por HARLEQUIN IBÉRICA, S.A.
Hermosilla, 21
28001 Madrid

I.S.B.N.: 978-84-671-4909-8
Depósito legal: B-13615-2007
Editor responsable: Luis Pugni
Composición: M.T. Color & Diseño, S.L.
C/. Colquide, 6 - portal 2-3º H, 28230 Las Rozas (Madrid)
Fotomecánica: PREIMPRESIÓN 2000
C/. Algorta, 33. 28019 Madrid
Impresión y encuadernación: LITOGRAFÍA ROSÉS, S.A.
C/. Energía, 11. 08850 Gavá (Barcelona)
Fecha impresion para Argentina: 29.10.07
Distribuidor exclusivo para España: LOGISTA
Distribuidor para México: CODIPLYRSA
Distribuidores para Argentina: interior, BERTRAN, S.A.C. Vélez
Sársfield, 1950. Cap. Fed./ Buenos Aires y Gran Buenos Aires,
VACCARO SÁNCHEZ y Cía, S.A.
Distribuidor para Chile: DISTRIBUIDORA ALFA, S.A.

Prólogo

EL HELICÓPTERO golpeó contra la pendiente rocosa de la montaña nevada.

El cristal se fragmentó, el metal se aplastó y unas llamas rojas salieron del motor, convirtiendo lo que Kristian Koumantaros sabía que era un blanco glacial en una titilante danza de fuego y hielo.

Incapaz de ver, luchó con el cinturón de seguridad. El aparato se ladeó, deslizándose unos centímetros. El fuego ardía por doquier y el calor lo rodeó. Volvió a tirar del cinturón de seguridad. El cierre estaba atascado.

El humo le quemó los pulmones.

«La vida y la muerte», pensó. La vida y la muerte se reducían a eso. Y las decisiones de vida o muerte no eran diferentes que otras decisiones. Se hacía lo que se debía sin pensar en las consecuencias.

Kristian había hecho lo que tenía que hacer y las consecuencias no habían pensado en él.

A medida que el fuego se tornaba más sonoro, el helicóptero se movió otra vez cuando la nieve cedió.

«Dios mío». Alargó las manos, pero no encontró nada a lo que agarrarse mientras caían por la cara de la montaña. «Otra avalancha», pensó, ensordecido por el inagotable rugido...

Y luego nada.

Capítulo 1

NO. No estoy interesado. Dígale que se marche.
La voz profunda y ronca no podía ser otra que la del propio Kristian Koumantaros.

De pie en el vestíbulo fuera de la biblioteca, Elizabeth Hatchet respiró hondo, afirmando su determinación. Sabía que no iba a ser fácil, pero nada en el caso de Kristian Koumantaros lo había sido. Ni el accidente, ni la rehabilitación ni el emplazamiento de su mansión.

Había tardado dos días en llegar desde Londres: un vuelo de Londres a Atenas, un trayecto interminable en coche desde Atenas hasta Esparta, y por último, un traqueteante viaje en carro tirado por burro para subir a esa montaña ridículamente inaccesible.

No entendía por qué alguien, y mucho menos un hombre que no podía caminar ni ver, querría vivir en un antiguo monasterio construido en una pendiente rocosa de Taygetos, la montaña más alta del Peloponeso. Pero una vez allí, no pensaba marcharse.

–*Kyrios*. Ha hecho un largo viaje...

Elizabeth reconoció la otra voz que sonó desde el interior de la biblioteca como la del criado que le había abierto la puerta.

–Ya estoy harto de la condenada ayuda de First Class Rehab. De primera, un cuerno.

Elizabeth cerró los ojos y soltó el aliento despacio, contando hasta diez.

Su personal de Atenas le había dicho que era un viaje largo hasta el antiguo monasterio.

Le habían dicho que llegar hasta el severo paisaje con imponentes vistas era casi tan agotador como cuidar del señor Koumantaros.

Pero ella había creído estar preparada. Había creído saber en qué se metía.

Así como había creído saber en qué se metía cuando aceptó proporcionarle al señor Koumantaros tratamiento en su casa después de que le dieran el alta en el hospital francés.

En ambos casos se había equivocado.

El viaje lento y traqueteante la había dejado algo mareada y con el estómago revuelto, además de un poderoso dolor de cabeza.

Y tratar de ofrecerle rehabilitación al señor Koumantaros la había hecho sufrir aún más. Prácticamente, había dejado su empresa en la bancarrota.

Se tensó al oír el sonido de cristal al romperse, seguido de una selecta y colorida serie de juramentos en griego.

—*Kyrios*, no es más que cristal. Se puede reemplazar.

—Odio esto, Pano. Odio todo lo relacionado con esto...

—Lo sé, *kyrios*.

La voz de Pano bajó y Elizabeth no pudo oír casi nada, pero al parecer surtió el efecto de calmar al señor Koumantaros.

Pero no a ella.

Kristian Koumantaros podía ser fabulosamente rico y estar capacitado para permitirse un estilo de vida excéntrico y aislado en el Peloponeso, pero eso no excusaba su comportamiento, que era egocéntrico y autodestructivo.

Estaba allí porque Kristian Koumantaros era incapaz de retener a una enfermera, y todo porque era incapaz de contener su genio.

Las voces en la biblioteca volvieron a alzarse. Elizabeth, que dominaba el griego, escuchó mientras hablaban de ella.

El señor Koumantaros no la quería allí.

Pano, el mayordomo mayor, intentaba convencerlo de que no sería cortés despedirla sin verla.

El señor Koumantaros dijo que le importaba un bledo ser cortés.

–*Kyrios* –insistió Pano–, ha traído una maleta. Equipaje. La señorita Hatchet tiene intención de quedarse.

–¿*Quedarse?* –bramó Koumantaros.

–Sí, *kyrios*.

Esas palabras, pronunciadas con gentileza, surtieron el efecto de provocar en Kristian otra letanía de juramentos.

–Por el amor del cielo, Pano, deja ese maldito cristal en paz y prescinde de ella. Arrójale un hueso. Consíguele un burro. No me importa. Simplemente, hazlo. *Ahora.*

–Pero ha venido desde Londres...

–Como si ha venido de la luna, no me importa. No tiene nada que hacer aquí. Hace dos semanas dejé un mensaje en la empresa. Esa mujer sabe perfectamente bien que los he despedido. Yo no le pedí que viniera. Y no es problema mío que haya desperdiciado su tiempo.

Elizabeth se frotó la nuca y pensó que estaba desperdiciando el tiempo allí de pie. Era hora de presentarse.

Irguió los hombros, respiró hondo otra vez y empujó la puerta alta. Al entrar en la estancia, los tacones bajos hicieron un ruido leve en el parqué.

–Buenas tardes, señor Koumantaros –dijo. Con ojos entrecerrados vio las persianas bajadas y los periódicos apilados en un rincón del escritorio. Calculó que debían ser los de un mes, que no se habían leído.

–Entra sin permiso y escucha a hurtadillas –Kristian se irguió en la silla de ruedas, la voz profunda vibrando de furia.

Ella apenas lo miró, dirigiéndose hacia la mesilla llena de frascos recetados.

–Estaba gritando, señor Koumantaros. No me hacía falta escuchar de manera furtiva. Y carecería de permiso si usted no fuera responsabilidad mía, pero lo es, de modo que va a tener que tratar conmigo.

Recogió uno de los medicamentos para leer la etiqueta, luego los otros. Era un hábito que se había automatizado. Lo primero que necesitaba saber un profesional médico era qué estaba tomando el paciente.

La figura encorvada de Kristian en la silla de ruedas tembló mientras trataba de seguir el sonido de sus movimientos, los ojos ocultos por la gasa blanca que le rodeaba la cabeza y que producía un marcado contraste con el cabello negro.

–Sus servicios ya han sido cancelados –expuso con sequedad.

–Su voto no cuenta –repuso Elizabeth, devolviendo los frascos a la mesa con el fin de estudiarlo.

Las vendas que le cubrían los ojos resaltaban el contorno duro y cincelado del rostro. Tenía unos pómulos acentuados, un mentón firme y una mandíbula fuerte con la sombra de una áspera barba negra. Parecía que no se había afeitado desde que echara a la última enfermera.

–¿Quién lo ha decidido? –demandó.

–Sus médicos.

–¿Mis médicos?

–Desde luego. Mantenemos contacto diario con ellos, señor Koumantaros, y estos últimos meses los han impulsado a cuestionarse su sensatez mental.

–Debe ser una broma.

–En absoluto. Existe el debate de que tal vez recibiría mejores cuidados en una institución...

–¡Fuera! –exigió, señalando hacia la puerta–. Lárguese ahora mismo.

Elizabeth no se movió. Ladeó la cabeza y lo examinó con frialdad. Parecía imposiblemente desgreñado, en absoluto el poderoso magnate que al parecer había sido, con castillos y mansiones diseminados por el mundo y una tentadora amante esperándolo en cada uno.

–Temen por usted, señor Koumantaros –añadió con tranquilidad–, igual que yo. Necesita ayuda.

–Eso es absurdo. Si mis médicos estuvieran tan preocupados, se encontrarían aquí. Y usted... usted no me conoce. No puede presentarse y emitir evaluaciones basadas en dos minutos de observación.

–Puedo, porque he llevado su caso desde el primer día, cuando le dieron el alta del hospital. Nadie sabe más de usted y de sus cuidados diarios que yo. Y si siempre hubiera estado tan desanimado, lo consideraríamos una cuestión de personalidad, pero su desesperación es nueva...

–No existe desesperación. Sólo estoy cansado.

–Entonces, tratemos el tema, ¿de acuerdo? –abrió su portafolios de piel y escribió unas notas. Desde el principio había aprendido que lo mejor era documentarlo todo–. Es trágico que aún se encuentre en su actual estado... trágico aislarse aquí en Taygetos, cuando hay gente que lo espera en Atenas, que quiere que vuelva a casa.

—Ahora vivo de forma permanente aquí.

—¿No tiene intención de regresar?

—Dediqué años a rehabilitar este monasterio, convirtiéndolo en un hogar moderno que cubriera todas mis necesidades.

—Eso fue antes de su accidente. Ahora no es práctico que viva aquí. No puede volar...

—No me diga lo que no puedo hacer.

Tragó saliva y volvió a intentarlo.

—No es fácil para sus amigos o familia verlo. Se encuentra absolutamente recluido aquí...

—Tal como deseo estar.

—Pero, ¿cómo puede recobrarse plenamente si se halla solo en lo que sin duda es uno de los lugares más remotos de Grecia?

Él apartó la cabeza, proporcionándole un vistazo de un perfil muy fuerte y orgulloso.

—Éste es mi hogar —repitió con obstinación y tono más frío.

—¿Y qué me dice de su empresa? ¿De los negocios? ¿Los ha abandonado junto con la familia y los amigos?

—Si éstos son sus modales...

—Lo son —le aseguró sin remordimiento—. Señor Koumantaros, no he venido a mimarlo. Ni a decirle cosas bonitas o tratar de sacarle una risa. Estoy aquí para ponerlo otra vez de pie.

—No va a pasar.

—¿Porque le gusta estar desvalido o porque le tiene miedo al dolor?

Durante un momento, él guardó silencio, pálido. Al final, encontró la voz.

–¿Cómo se atreve? –demandó–. ¿Cómo se atreve a entrar en mi casa...?

–No fue un paseo, señor Koumantaros. Tardé dos días en llegar hasta aquí, incluidos aviones, taxis y burros –era el último sitio en el que quería estar y la última persona a la que quería cuidar–. Ha pasado casi un año desde su accidente –continuó–. No existen causas médicas para que se encuentre tan desvalido como está.

–*Lárguese*.

–No puedo. No sólo no tengo adónde ir... como bien debe saber, está demasiado oscuro para regresar en burro por la montaña.

–No, no lo sé. Soy ciego. No tengo idea de la hora que es.

El calor subió por sus mejillas. Junto con la vergüenza y el disgusto. No por ella, sino por él. Si esperaba que sintiera pena, se iba a llevar una sorpresa; y si esperaba intimidarla, volvía a equivocarse. No pensaba amilanarse. Por el hecho de ser un famoso multimillonario griego no se hacía acreedor a su respeto. Éste se ganaba, no se concedía de forma automática.

–Son casi las cuatro, señor Koumantaros. La mitad de la montaña ya está bañada en sombras. No podría irme a casa esta noche ni aunque lo quisiera. Sus médicos me han autorizado a quedarme, así que debo hacerlo. Eso o ingresa en una clínica de rehabilitación en Atenas. *Usted* elige.

–Vaya elección.

–Sí –recogió uno de los frascos de medicamentos y le quitó la tapa de plástico para ver cuántas pastillas quedaban. De treinta, había tres. Y la receta se le había expedido hacía sólo una semana–. ¿Sigue sin dormir, señor Koumantaros?

–No *puedo*.

–Entonces, ¿sigue sufriendo muchos dolores? –lo observó. Probablemente, ya se había habituado a los analgésicos. Una batalla más que ganar.

Él se movió en la silla de ruedas. Hizo una mueca.

–Como si le importara.

Ni siquiera parpadeó. Su autocompasión no despertaba simpatía. Era una fase típica en el proceso de sanación... una de las primeras. Y el hecho de que Kristian Koumantaros no hubiera ido más allá, significaba que le quedaba un largo camino por recorrer.

–Me importa –respondió sin rodeos. No se molestó en añadir que también le importaba el futuro de su empresa, First Class Rehab, y que ocuparse de las necesidades médicas de él casi había llevado a la ruina a su empresa de cuatro años–. Me importa, pero no seré como los demás... no seré blanda con usted, no aceptaré sus excusas ni permitiré que se salga con la suya.

–Desprecio vivir así.

Juró con violencia mientras el mayordomo terminaba de recoger los cristales.

Tenía los hombros adelantados y la cabeza baja.

Desesperación.

Su estado de ánimo sombrío no era solamente furia. Resultaba mayor que eso, más oscuro. Era algo alimentado por la desesperación.

Con un imperceptible deje de simpatía, pensó que era la ruina de un gran hombre.

Con igual rapidez que apareció esa simpatía, la hizo a un lado, sustituyéndola por determinación. Se iba a poner bien. No había motivo para lo contrario.

Con la mano, le indicó a Pano que quería cambiar unas palabras a solas con su jefe, y éste, asintiendo, se marchó con el recogedor.

–Y ahora, señor Koumantaros –dijo cuando las puertas de la biblioteca se cerraron–, necesitamos reiniciar su programa de rehabilitación. Pero no podemos hacerlo si insiste en intimidar a sus enfermeras.

–Todas eran completamente inútiles, incompetentes...

–¿Las seis? –interrumpió, sentándose en el sillón más próximo.

–Una no estaba tan mal. Bueno, en algunos aspectos –concedió a regañadientes, martilleando el reborde metálico de la silla de ruedas con los dedos–. La joven. Calista. Y, créame, si ella era la mejor, eso debería demostrarle lo malas que eran las otras. Pero eso es otra historia...

–La señorita Aravantinos no va a volver –Elizabeth sintió que su genio subía. Por supuesto, se refería a la enfermera que había destrozado. La pobre, recién salida de la escuela de enfermería, había sido masilla en manos de Kristian Koumantaros. Literalmente. Para un hombre que había salido de lesiones muy graves, había sido muy eficiente en la seducción.

Él ladeó la cabeza.

–¿Así se llamaba?

–Se comportó de un modo carente de escrúpulos. Usted tiene treinta y... ¿cuántos? –miró el historial y encontró la edad–. Casi treinta y seis. Y ella apenas tenía veintitrés. Dimitió. Dejó nuestra oficina de Atenas. Se sentía terriblemente desmoralizada.

–Jamás le pedí a Calista que se enamorara de mí.

–¿Enamorarse? –espetó–. El amor no tuvo nada que ver con ello. Usted la sedujo. Por aburrimiento. Por resentimiento.

–Se equivoca, Cratchett. Verá, yo soy un amante, no un luchador.

La sangre subió a las mejillas de Elizabeth.

—Ya es suficiente.

—Jamás me he impuesto a una mujer —bajó la voz—. En todo caso, nuestra querida y encantadora Calista se impuso a mí.

—Señor Koumantaros —muy incómoda, apretó el bolígrafo. Odió su sonrisa y le molestó su tono. Pudo ver por qué Calista había arrojado la toalla. ¿Cómo iba a manejarlo una joven inexperta?

—Ella me conquistó —continuó con la misma voz—. Supongo que quería saber de qué era capaz un inválido. Y descubrió que aunque no podía caminar, aún podía...

—¡Señor Koumantaros! —se puso de pie, de pronto oprimida por el calor de la biblioteca—. No deseo oír los detalles.

—Pero los necesita —Kristian empujó la silla de ruedas hacia ella—. Está mal informada si cree que me aproveché de Calista. Recibió justo lo que quería.

En una ocasión había exhibido un bronceado intenso, pero hacía tiempo que se había desvanecido. Su piel cetrina estaba pálida, prueba de los largos meses dentro de la casa.

Elizabeth giró la cabeza y apretó los dientes.

—Era una enfermera joven, maravillosa y prometedora.

—Desconozco lo de maravillosa, pero le concedo que era ingenua. Y como ha dimitido, doy por hecho que me ha asignado a alguna enfermera salida del infierno.

—No contratamos a nadie de esas características. Todas nuestras enfermeras son profesionales, eficaces, compasivas...

–Y viven en el cielo. Y no las quería en mi casa y me negué a que me tocaran.

De modo que era eso. No quería a una enfermera de verdad. Quería algo salido de una sesión de trasnoche en la televisión, alguien con pelo largo, pechos grandes y una falda corta y ceñida.

Respiró hondo. Empezaba a ver cómo había agotado a sus enfermeras, atormentándolas hasta que suplicaban un descanso.

No iba a permitir que le hiciera lo mismo a ella.

–¿Calista olía mal?

–No, tenía un olor celestial.

Durante un momento, habría jurado que Kristian sonreía, y el hecho de que arruinar la carrera de una enfermera joven le provocara una sonrisa, la enfureció.

Se acercó un poco más.

–Pero después de que Calista huyera, envió a enfermeras viejas y gordas a torturarme, castigándome por lo que, en realidad, sólo fue culpa de Calista. Y no me diga que no eran viejas y gordas porque puedo estar ciego, pero no soy estúpido.

La presión arterial de Elizabeth volvió a dispararse.

–Asigné enfermeras maduras, pero estaban bien preparadas y, desde luego, eran aptas para los rigores del trabajo.

–Una olía a estanco. Otra a pescado. Estoy seguro de que otra podría haber sido un acorazado...

–Se está mostrando ofensivo.

–Estoy siendo sincero. Sustituyó a Calista por unas celadoras de prisión.

No pudo contener un movimiento de los labios. De hecho, Kristian Koumantaros tenía razón.

Después de la humillación de la pobre Calista,

adrede le había asignado sólo enfermeras mayores y menos receptivas.

Sonrió levemente, divertida a pesar de sí misma. Quizá él no caminara ni viera, pero su cerebro funcionaba muy bien.

Sin dejar de sonreír, lo estudió con frialdad, consciente de sus heridas, de sus dolorosos meses de rehabilitación, de su diagnóstico. Era afortunado de haber escapado con vida de un accidente tan grave. El traumatismo en la cabeza había sido tan fuerte que se había esperado que sufriera un severo daño cerebral. Por fortuna, su capacidad mental estaba intacta. Su capacidad motriz se podía mejorar, pero se dudaba de su visión. A veces el cerebro se curaba solo. A veces no. Sólo el tiempo y una terapia continuada lo dirían.

—Bueno, eso forma parte del pasado ya —dijo ella, forzando una nota de alegría en la voz—. Las enfermeras guerreras no están, pero yo sí...

—Y lo más probable es que sea peor que todas ellas.

—Desde luego que lo soy. A mi espalda susurran que soy la peor pesadilla de los pacientes.

—Entonces, ¿puedo llamarla enfermera Cratchett?

—Si lo prefiere. O puede llamarme por mi nombre, que es enfermera Hatchet. Pero son tan similares, que responderé a cualquiera.

Él permaneció en silencio, la mandíbula apretada, una expresión cada vez más cautelosa. Elizabeth sonrió. A ella no podía intimidarla. Sabía cómo eran los magnates griegos. En una ocasión había estado casada con uno.

—Es hora de seguir adelante —añadió con vigor—. Y el primer sitio por el que empezar es por sus comidas. Sé que es tarde, señor Koumantaros, pero, ¿ha almorzado ya?

–No tengo hambre.

Elizabeth cerró el portafolios y guardó el bolígrafo en el maletín de piel.

–Necesita comer. Su cuerpo necesita la nutrición. Me encargaré de que le sirvan una comida ligera –fue hacia la puerta, reacia a perder el tiempo discutiendo.

Kristian adelantó la silla de ruedas y, sin darse cuenta, chocó contra el borde del sofá. Su frustración estaba escrita en cada línea de su cara.

–No quiero comida...

–Claro que no. ¿Por qué comer cuando tiene adicción a los analgésicos? Y ahora, si me disculpa, iré a ocuparme de su comida.

La cocina de piedra se hallaba en la torre, o *pyrgos*, y allí, el mayordomo, la cocinera y el ama de llaves se habían reunido bajo uno de los arcos medievales. Se encontraban tan enfrascados en la conversación, que no la oyeron llegar.

En cuanto se dieron cuenta de su presencia, los tres guardaron silencio y se volvieron a mirarla con diversos grados de hostilidad.

No le sorprendió. Primero, a diferencia de otras enfermeras, ella no era griega. Segundo, a pesar de ser extranjera, hablaba griego con fluidez. Y tercero, no mostraba la adecuada deferencia hacia su jefe, un griego muy rico y poderoso.

–Hola –trató de soslayar la gélida bienvenida–. Pensé que podría ayudar con el almuerzo del señor Koumantaros.

La miraron boquiabiertos hasta que Pano, el mayordomo, carraspeó.

–El señor Koumantaros no almuerza.

–¿Toma un desayuno tardío, entonces? –preguntó.

–No, sólo café.

–Entonces, ¿qué es lo que toma como su primera comida?

–Nada hasta la noche.

–Comprendo –frunció el ceño mientras estudiaba a los tres empleados, preguntándose cuánto tiempo llevarían en la familia y cómo se habían arreglado con los cambios de humor de su jefe–. ¿Y come bien entonces?

–A veces –repuso la cocinera baja y robusta–. Y a veces sólo pica. Solía tener un apetito excelente... pescado, *moussaka, dolmades*, queso, carne, verduras. Pero eso fue antes del accidente.

Elizabeth asintió, contenta de comprobar que al menos uno de ellos llevaba tiempo con él. La lealtad siempre era un plus, pero una lealtad equivocada podía representar un estorbo en la recuperación de Kristian.

–Tendremos que mejorar su apetito –dijo–. Empezando por una comida ligera ahora mismo. Quizá una *horiatiki salata* –sugirió lo que la mayoría de los europeos conocían como ensalada griega–. Tiene que haber algún sitio fuera, una terraza soleada, donde pueda disfrutar de la comida. El señor Koumantaros necesita el sol y el aire fresco...

–Disculpe, señora –interrumpió Pano–, pero el sol molesta los ojos del señor.

–Es porque el señor Koumantaros ha pasado demasiado tiempo sentado en la penumbra. La luz le hará bien. La luz del sol estimula la glándula pituitaria, ayuda a mitigar la depresión y fomenta la sanación. Pero viendo que lleva tanto tiempo en el interior, podemos realizar la transición haciendo que hoy coma a la sombra. Doy por hecho que la terraza está cubierta.

–Sí, señora –repuso la cocinera–. Pero el señor Koumantaros no irá.

–Oh, sí que irá –hizo acopio de toda su determinación. Sabía que al final Kristian iría. Pero representaría lucha.

Sentado en la biblioteca, Kristian oyó alejarse las pisadas de la enfermera inglesa en dirección a la cocina, y pasados unos minutos largos, oyó el regreso de esas mismas pisadas.

Ladeó la cabeza.

La puerta se abrió.

–Se equivoca en otra cosa –soltó con brusquedad cuando ella entró–. El accidente no fue hace un año. Fue hace casi año y medio. Sucedió en febrero.

Ella se detuvo y la sintió ahí, más allá de su visión, más allá de su alcance, mirándolo, esperando. Lo corroía esa falta de conocimiento, de vista. Había conseguido lo que había conseguido utilizando los ojos, la mente, el instinto. Confiaba en sus ojos y en su instinto, y en ese momento, sin ellos, no sabía qué era verdad o real.

Como con Calista.

–Eso es incluso peor –espetó su nueva enfermera de pesadilla–. Ya debería haber vuelto al trabajo. Tiene una corporación que dirigir, gente que depende de usted. No le hace ningún bien a nadie escondiéndose aquí en su villa.

–No puedo dirigir mi empresa si no soy capaz de caminar o de ver...

–Pero *puede* caminar, y podría existir la posibilidad de que llegara a ver...

–Una oportunidad de menos del cinco por ciento –rió con amargura–. ¿Sabe?, antes de la primera serie de operaciones, tenía el treinta y cinco por ciento de posibilidades de ver, pero arruinaron eso...

–No lo arruinaron. Eran operaciones muy experimentales.

–Sí, y ese tratamiento experimental redujo mis posibilidades de ver a la nada.

–No.

–Al cinco por ciento. No hay mucha diferencia. En especial cuando afirman que aunque la operación hubiera sido un éxito, seguiría sin poder volver a conducir, ni a volar ni a navegar, nunca más.

–¿Y su respuesta es quedarse sentado aquí, vendado y en la oscuridad, apiadándose de sí mismo? –preguntó con sequedad.

Su voz se acercó.

Kristian se movió en la silla y experimentó un desagrado activo y creciente por Cratchett. La tenía a la derecha y lo irritaba su actitud presumida y superior.

–Los servicios de su empresa han sido cancelados.

–No han...

–Puede que yo esté ciego, pero al parecer usted es sorda. First Class Rehab ha recibido mi último cheque. De mí no saldrá ni uno más. No habrá más pagos por servicios prestados.

La oyó suspirar... de un modo tan únicamente femenino que se echó para atrás, momentáneamente sobresaltado.

Y en ese medio segundo se sintió traicionado.

Era ella quien no escuchaba. Era ella quien se imponía a él y, sin embargo, era una mujer. Y él era, o había sido, un caballero, y se suponía que los caballeros tenían modales. Que estaban más allá de todo posible reproche.

No debería sentirse mal por hablar sin rodeos. Frunció aún más el ceño. Era culpa de ella. Había irrumpido en su casa con esa actitud arrogante y prepotente.

No necesitaba que ella le dijera cómo tratar con las secuelas del accidente.

Su séptima enfermera tenía la misma mentalidad que las otras seis. A sus ojos, la silla de ruedas lo volvía incompetente, incapaz de pensar por sí mismo.

—Ya no pienso seguir pagándole —repitió con firmeza, decidido a terminar con eso de una vez—. Ha recibido el último pago. Usted y su empresa están acabados aquí.

Y entonces ella repitió el sonido... que había hecho que retrocediera. Pero en ese momento lo reconoció por lo que realmente era.

Una risa.

Se estaba riendo de él.

Riendo y rodeando la silla con el fin de que tuviera que girar la cabeza para tratar de seguirla.

Sintió que posaba las manos en la parte de atrás de la silla. Debía de haberse inclinado, o quizá no era muy alta, porque la voz sonó sorprendentemente próxima a su oreja.

—Pero *usted* no es quien me sigue pagando. Nuestros servicios se han prorrogado y estamos autorizados a continuar con su cuidado. Sólo que ahora en vez de ser usted quien paga, los asuntos financieros los lleva una fuente privada.

Él se quedó de piedra.

—*¿Qué?*

—Es verdad —continuó ella, empujando la silla—. No soy la única que cree que ya es hora de que se recupere —continuó empujándolo a pesar de sus intentos de resistirse—. Va a ponerse bien —añadió con un susurro dulce—. Lo quiera o no.

Capítulo 2

KRISTIAN cerró las manos sobre los rebordes de las ruedas para frenar el avance.

—¿Quién paga por mis cuidados?

Elizabeth odiaba los juegos y no creía que fuera correcto mantener a nadie en la oscuridad, pero había firmado una cláusula de confidencialidad y debía respetarla.

—Lo siento, señor Koumantaros. No estoy en libertad de decirlo.

Su respuesta sólo sirvió para volverlo aún más hostil. Agarró con tanta fuerza las ruedas, que los nudillos se le pusieron blancos.

—No aceptaré que nadie más asuma la responsabilidad de mi cuidado, y mucho menos de lo que sin duda son unos dudosos cuidados.

Elizabeth se crispó con la crítica, ya que era algo personal, que tocaba a su empresa. Ella personalmente entrevistaba, contrataba y preparaba a cada enfermera que trabajaba para First Class Rehab. No es que él lo supiera. Ni quería que lo supiera.

Lo que importaba en ese momento era crear una rutina predecible con períodos regulares de alimentación, ejercicio y descanso. Y para ello necesitaba que tomara el almuerzo.

—Podemos hablarlo durante la comida —repuso, comenzando a empujarlo otra vez hacia la terraza. Pero igual que la primera vez, Kristian cerró las manos con fuerza sobre las ruedas, impidiéndole avanzar.

—No me gusta que me empujen.

Se apartó y lo miró, viendo por primera vez la cicatriz oscura que serpenteaba por debajo de la manga de su camisa celeste de algodón, yendo desde el codo hasta la muñeca. Pensó que seguro se debía a una fractura múltiple y recordó la cantidad de huesos que se había roto. Todo indicaba que debería haber muerto. Pero no había sido así. Había sobrevivido. Y después de todo eso, no iba a dejar que se rindiera y se marchitara en su villa cerrada.

—Creía que no podía moverse —dijo, la paciencia a punto de quebrarse.

—Puedo empujarme distancias cortas.

—Eso no es lo mismo que caminar, ¿verdad? —indicó exasperada. Si podía hacer más, si podía caminar, ¿por qué no lo hacía? Las anteriores enfermeras no habían exagerado ni un ápice. Kristian era tan terco como una mula.

—¿Es ésa la idea que tiene de dar ánimos? —bufó él.

Apretó los labios. Kristian sabía manipular. Un minuto era el atacante y al siguiente la víctima. Y lo que era peor, estaba teniendo éxito en provocarla. Y eso era alguien que nadie hacía jamás. Jamás.

—Es la exposición de una verdad, señor Koumantaros. Todavía sigue en la silla de ruedas porque sus músculos se han atrofiado desde el accidente. Pero en un principio, los doctores esperaban que volviera a caminar —«pensaron que querría hacerlo».

—No funcionó.

—¿Porque dolía mucho?

—La terapia no funcionó.

—Usted se rindió —aferró las asas de la silla y empujó con fuerza–. Y ahora, ¿qué le parece si vamos a almorzar?

Él no quiso soltar las ruedas.

–¿Qué le parece si me dice quién paga sus servicios y luego vamos a almorzar?

Una parte de ella admiró su capacidad de negociación. Era evidente que se trataba de un líder, y acostumbrado a tener el control. Pero también ella lo era.

–No se lo puedo revelar –afirmó–. No hasta que camine.

–¿Por qué no hasta entonces?

Elizabeth se encogió de hombros.

–Son los términos del contrato.

–¿Pero usted conoce a esa persona?

–Hablamos por teléfono.

Él se quedó quieto, con expresión pensativa y reservada.

–¿Cuánto pasará hasta que camine?

–Depende por completo de usted. Por desgracia, sus tendones y sus músculos de las caderas se han tensado, acortándose, pero no se trata de algo irreparable, señor Koumantaros. Sólo requiere una terapia física diligente.

–Pero incluso con una terapia diligente, siempre necesitaré un andador.

Ella no comentó nada sobre la amargura de su voz. En ese momento, no serviría para nada.

–Un andador o un bastón. Pero, ¿eso no es mejor que una silla de ruedas? ¿No disfrutaría volviendo a ser independiente?

–Pero jamás sería lo mismo, nunca sería como fue...

–La gente se enfrenta a cambios todos los días, señor Koumantaros.

–No sea condescendiente –la voz se tornó áspera, revelando una furia incandescente.

–No es mi intención. Intento entender. Y si esto es porque otros murieron y usted...

–Ni una palabra más –gruñó–. Ni una.

–Señor Koumantaros, no es menos hombre porque otros murieran y usted no.

–Entonces, no me conoce. No sabe quién soy ni quién fui. Porque la mejor parte de mí, lo bueno que había en mí, murió aquel día en la montaña mientras salvaba a alguien que ni siquiera me gusta –rió con algo parecido al autodesprecio–. No soy un héroe. Soy un monstruo –alzó la mano y con un tirón salvaje, se quitó las vendas de la cabeza y puso la cara hacia el sol–. ¿Ve al monstruo ahora?

Elizabeth contuvo el aliento.

Una cicatriz irregular le recorría el costado de la cara, terminando de forma precaria cerca del ojo derecho. La piel seguía de un rosa delicado, aunque algún día llegaría a adquirir el tono normal... siempre y cuando se mantuviera alejado del sol.

Pero no era la cicatriz lo que la impulsaba a mirar, ni lo que le atenazó el pecho.

Kristian Koumantaros era atractivo. Más que atractivo. Incluso con la cicatriz parecida a un rayo bifurcado sobre el pómulo.

–Dios me dio una cara a juego con mi corazón. Al fin el exterior y el interior son iguales –apretó los dientes y las manos.

–Se equivoca –apenas podía respirar. Sus palabras le causaban tanto dolor y pesar, que sintió que las lágrimas le aguijoneaban los ojos–. Si Dios le dio una cara a juego con su corazón, entonces su corazón también es hermoso. Porque una cicatriz no arruina una cara ni un corazón. Sólo muestra que vivió... y amó –él guardó silencio y ella continuó–: Además, creo que la cicatriz le queda bien. Antes era demasiado atractivo.

Durante un segundo, Kristian no dijo nada, y entonces rió, una risa intensa y gutural que era más animal que humana.

—Al fin. Alguien que dice la verdad.

Elizabeth soslayó el dolor que la atravesó. Algo en él la conmovía. La furia, el fuego, la inteligencia y la pasión. Y le dolía.

—Usted es un hombre atractivo incluso con la cicatriz –dijo, aún arrodillada junto a la silla.

—Es una cicatriz espantosa. Me recorre la cara. Puedo sentirla.

—¿Tan vanidoso es, señor Koumantaros?

Él giró la cabeza.

—Ningún hombre quiere sentirse como el monstruo de Frankenstein –repuso con otra risa áspera.

Elizabeth supo que no era su cara lo que hacía que se sintiera tan roto, sino su corazón y su mente. Los recuerdos que lo hostigaban, los centelleos de un pasado que lo impulsaban a revivir una y otra vez el accidente. Lo supo porque en una ocasión ella había pasado por lo mismo.

También ella había revivido un accidente con detalles interminables, deteniendo constantemente la cámara mental en el primer estallido de fuego y en la última bola llameante. Pero ésa era su historia, no la de él, y no podía permitir que sus propias experiencias y emociones nublaran en ese momento su juicio.

Debía recuperar cierto control, retirarse lo más rápidamente posible a una distancia profesional. Estaba allí para cumplir un trabajo. No por asuntos amorosos. Él ya tenía una novia en Atenas, la misma que había insistido que Kristian caminara, funcionara, viera... la razón de que ella estuviera allí para ayudarlo a recuperarse. A regresar al lado de dicha novia.

–Dista mucho de ser la criatura de Frankenstein –aseveró, ocultando sus emociones súbitamente ambivalentes. Se puso de pie, se alisó la falda y se acomodó la blusa–. Pero, ya que requiere halagos, permita que se los conceda. La cicatriz le sienta bien. Le da carácter a su cara. Lo hace parecer menos un modelo o una estrella de cine y más un hombre.

–Un hombre –repitió él con risa amarga.

–Sí, un hombre. Y con algo de suerte y trabajo duro, pronto conseguiremos que también se comporte como un hombre.

Unas emociones caóticas le recorrieron la cara. Sorpresa, confusión, y luego furia. Lo había sorprendido con la guardia baja y lo había herido. Podía verlo.

Con más gentileza, añadió:

–Ha esquiado en las caras más inaccesibles de las montañas de todo el mundo, ha pilotado helicópteros en ventiscas, a rescatado a media docena...

–Es suficiente.

–Puede hacer cualquier cosa –insistió. Se había hecho enfermera para ayudar a los heridos, no para infligir heridas nuevas, pero a veces los pacientes se veían tan abrumados por el dolor físico y la desdicha mental, que llegaban a la autodestrucción.

Los hombres brillantes resultaban especialmente vulnerables, y la experiencia le había enseñado que esos mismos hombres se autodestruían si no encontraban una salida para su ira, un lugar para su dolor.

Se juró encontrar esa salida para Kristian, lograr que, de algún modo, canalizara su furia, convirtiendo el dolor en un elemento positivo.

Por eso antes de que pudiera manifestar algo de su furia o volver a contradecirla, le mencionó la mesa coquetamente puesta ante ellos, añadiendo que la cocinera y el mayordomo habían realizado un trabajo espléndido en prepararles el almuerzo.

—Han puesto una mesa preciosa en la terraza. ¿Puede sentir esa brisa? Puede oler el pino en el aire cálido.

—No lo huelo.

—Entonces venga aquí, donde me encuentro yo. De verdad es precioso. También puede captar la fragancia que emana de sus jardines. Romero y cítricos.

Pero él no se acercó. De hecho, retrocedió hasta situarse en las sombras.

—Es demasiado brillante. La luz me causa dolor de cabeza.

—¿Aunque vuelva a ponerle las vendas?

—Incluso con las vendas —repuso con voz dolida y dura—. Y no quiero almorzar. Ya se lo dije, pero no escucha. No quiere escuchar. Nadie lo hace.

—Podríamos comer dentro...

—*No quiero almorzar*.

Con un impulso vigoroso, desapareció en la biblioteca fresca, donde chocó con una mesilla lateral que envió al suelo, lo que lo llevó a maldecir y a golpear otro mueble.

Elizabeth luchó contra la inclinación natural de correr a ayudarlo. Sabía que con ello sólo prolongaría su estado de invalidez. No podía permitir que continuara como hasta ese momento... retirándose de la vida, de los vivos, retirándose a los rincones oscuros de su mente.

Con nervios de acero, lo dejó como estaba, musitando y maldiciendo y chocando contra la mesilla que había volcado, y lentamente cruzó la terraza hacia la mesa, con su alegre mantel azul y blanco y las flores en el centro.

Y mientras apreciaba todo eso, sus pensamientos se centraron en una cosa, sólo una: Kristian Koumantaros.

Le había costado hablarle de forma tan directa. Nunca se había mostrado tan antagónica, aunque ya no sabía qué otra cosa hacer con él en ese punto.

Al sentarse a la mesa, supo que su agotamiento no se debía únicamente a la obstinación de Kristian, sino a él mismo.

Kristian se había metido bajo su piel.

Y se dijo que no era por su belleza salvaje. No podía ser. No era tan superficial como para sentirse conmovida por la violencia en la cara de él. Entonces, ¿qué era? ¿Por qué se sentía tan aterradoramente próxima a las lágrimas?

Sin prestar atención al cosquilleo que sintió en su estómago, desdobló la servilleta sobre su regazo.

Pano apareció con una botella de agua mineral con gas en la mano.

—¿Agua, señora?

—Por favor, Pano. Gracias.

—¿El señor Koumantaros se unirá a usted?

Miró hacia las puertas de la biblioteca, que acababan de cerrarse. Sintió un peso en el corazón, que pareció crecer.

—No, Pano, hoy no, después de todo.

Le llenó la copa.

—¿Le llevo un plato?

Titubeó un momento.

—No. Volveremos a intentarlo esta noche para la cena.

–Entonces, ¿no le llevo nada si pide algo? –el mayordomo sonó decididamente dolido.

–Sé que parece duro, pero, de algún modo, he de llegar hasta él. Debo lograr que responda. No puede esconderse aquí para siempre. Es demasiado joven y hay demasiadas personas que lo quieren y lo echan de menos.

Pano pareció comprender eso. Inclinó la cabeza calva y dijo con cortesía:

–Su almuerzo le será servido de inmediato –desapareció, dejando la botella de agua en la mesa, al alcance de ella.

Una empleada joven le sirvió *souvlaki*, con rodajas de pepino y pan pita recién hecho. No era la comida que había pedido, y sospechó que era adrede, la rebelión de la cocinera, aunque al menos había preparado un plato.

No comió de inmediato, decidiéndose por darle tiempo a Kristian por si llegaba a cambiar de parecer. Aguardó cinco minutos, y luego otros cinco, reflexionando que aunque no había logrado entrar con el mejor pie posible, debía seguir adelante, perseverar. Todo saldría bien. Kristian Koumantaros volvería a caminar y, con el tiempo, regresaría a Atenas, donde asumiría otra vez su responsabilidad con la enorme corporación de la que era propietario y que en el pasado había dirigido él solo. Y ella se iría a Inglaterra y se olvidaría de Grecia y de los magnates griegos.

Pasados quince minutos, abandonó la vigilia. Kristian no iba a salir. Comió y se concentró en disfrutar de la deliciosa comida.

Terminado el almuerzo, dejó la servilleta en la mesa y se levantó. Era hora de ir a comprobar cómo se hallaba Kristian.

En la biblioteca a oscuras, lo vio alzar la cabeza al entrar.

–¿Ha comido bien? –preguntó con tono seco.

–Sí, gracias. Tiene una cocinera excelente –localizando el portafolios en la mesilla lateral donde lo había dejado antes, se sentó en el sofá–. Señor Koumantaros, sé que no quiere una enfermera, pero sigue necesitándola. De hecho, necesita varias.

–¿Por qué no receta una flota? –preguntó con sarcasmo.

–Creo que lo haré –abrió el portafolios de piel marrón, releyó sus notas anteriores y comenzó a escribir otra vez–. Un asistente interno para que lo ayude con el baño y la higiene personal. Varón, preferiblemente. Alguien fuerte para que pueda alzarlo de la silla de ruedas, ya que usted no está predispuesto a caminar.

–No puedo caminar, señorita...

–Hatchet –aportó con sequedad antes de continuar–. Y podría caminar si hubiera trabajado con sus cuatro anteriores fisioterapeutas. Todas lo intentaron, señor Koumantaros, pero usted estaba más interesado en asustarlas que en realizar progreso alguno –escribió otro par de notas y luego cerró el bolígrafo–. También requiere un terapeuta ocupacional, ya que necesita con desesperación alguien que le adapte el estilo de vida. Si no tiene intención de mejorar, su casa y sus hábitos deberán cambiar. Rampas, un segundo ascensor, un cuarto de baño adecuadamente equipado, barandillas y asas en la piscina...

–No –atronó con rostro sombrío–. Ni barandillas ni malditas asas en la casa.

Ella volvió a abrir el bolígrafo.

–Quizá es hora de llamar a un psiquiatra... alguien

que evalúe su depresión y que recomiende la terapia a seguir. Píldoras, quizá, o sesiones de terapia.

–Jamás hablaré...

–Lo está haciendo ahora –comentó con jovialidad, escribiendo otra nota para sí misma. Luego lo miró y vio que la furia le erguía la columna, mejorando su postura. «Bien», pensó. No se había rendido ante la vida, sólo ante la curación. Aún podía hacer algo. Lo observó unos momentos más–. Hablar... la terapia... lo ayudará a mitigar la depresión, y es la depresión la que le está impidiendo mejorar.

–No estoy deprimido.

–Entonces alguien para tratar su ira. ¿Es consciente del tono que emplea, señor Koumantaros?

–¿Mi tono? –se echó hacia atrás y aferró con fuerza los bordes de las ruedas–. ¿*Mi* tono? ¿Irrumpe en mi casa y me suelta discursos sobre mi tono de voz? ¿Quién demonios se cree que es?

El salvajismo descarnado cortó más que mil palabras y durante un momento la biblioteca dio vueltas. Elizabeth contuvo el aliento, silenciosa, aturdida.

–Usted se cree muy buena –la voz de Kristian sonó burlona–. Tan justa, tan segura de todo. Pero, ¿estaría tan segura de sí misma si hubieran retirado la alfombra de debajo de *sus* pies? ¿Sería tan insensible entonces?

Desde luego, él no sabía que ya le habían retirado la alfombra de debajo de sus pies. Nadie pasaba por la vida incólume. Pero sus tragedias personales la habían endurecido, y consideraba las viejas heridas como tejido cicatrizado... algo que era parte de ella.

Aun así, agradeció que Kristian no pudiera verla. La suya no era una pérdida reciente... era de hacía siete años; sin embargo, como no tuviera cuidado en mantener las defensas alzadas, parecía haber tenido lugar el día anterior.

A medida que el silencio se alargaba, Kristian emitió una risa baja y áspera.

–La pillé con ésa –la risa se profundizó antes de parar bruscamente–. Cuesta juzgar hasta que no se ha caminado un kilómetro con los zapatos de otro.

A través de las puertas abiertas le llegó el trinar de un pájaro.

–No soy tan insensible como usted cree –dijo con voz lo bastante distante como para contradecir sus palabras–. Pero estoy aquí para ayudarlo, y haré todo lo que deba para verlo avanzar hacia la siguiente fase de la recuperación.

–¿Y por qué voy a querer recuperarme? –ladeó la cabeza y la miró con intensidad–. Y no me suelte alguna respuesta almibarada acerca de encontrar el verdadero amor, tener una familia y esas tonterías.

Elizabeth esbozó una sonrisa leve.

–No pensaba. Ya debería saber que ése no es mi estilo.

–Entonces, dígame. Deme una respuesta directa. ¿Por qué he de molestarme en mejorar?

¿Por qué molestarse? Sintió que el corazón se le aceleraba, en parte por enfado y en parte por simpatía.

–Porque aún está vivo. Por eso.

–¿Eso es todo? –él rió con amargura–. Lo siento, no es demasiado incentivo.

–Es una pena –respondió, pensando que lamentaba su accidente, pero no estaba muerto.

Quizá no pudiera caminar con facilidad ni viera con claridad, pero aún seguía intacto y tenía su vida, su corazón, su cuerpo, su mente. Quizá no era exactamente como había sido antes de las heridas, pero eso no lo hacía menos hombre... no a menos que él lo permitiera. Y era lo que estaba haciendo.

Luchó por contener la indignación y todas las cosas furiosas que quería decirle, sabiendo que no estaba allí para juzgar. Sólo era un paciente y su trabajo era proporcionarle cuidados médicos, no lecciones morales. Aun así, sintió que la tensión aumentaba.

A pesar de sus mejores esfuerzos, le desagradó la actitud autocompasiva de él, le irritó que se encontrara tan ocupado viendo el cuadro pequeño, que pasara por alto el mayor. La vida era tan preciosa. Era un don, no un derecho, y él aún poseía ese don.

Podía amar y ser amado. Enamorarse, hacer el amor, llenar a alguien de afecto... abrazos, besos, caricias tiernas. No había motivo para que no pudiera hacer que alguien se sintiera atesorada, importante, inolvidable. Ningún otro motivo salvo que no quería, que prefería sentir pena de sí mismo en vez de abrirse a otra persona.

—Porque, por la razón que sea, señor Koumantaros, aún sigue aquí con nosotros, aún está vivo. No le mire los dientes a un caballo regalado. Viva. Viva con plenitud, con inteligencia. Y si no es capaz de hacerlo por sí mismo, entonces hágalo por todos aquellos que no escaparon de la avalancha aquel día con usted —respiró hondo—. Hágalo por Cosima. Por Andreas.

Capítulo 3

COSIMA y Andreas. Lo sorprendió que su enfermera inglesa conociera esos nombres, ya que eran Cosima y Andreas quienes lo obsesionaban. Y por muy diversos motivos.

Se movió inquieto en la cama. En ese momento le dolían las piernas. A veces el dolor era peor que en otras ocasiones, y esa noche era intenso. Nada conseguía que estuviera cómodo.

El accidente. Unas vacaciones invernales con amigos y familiares en los Alpes franceses.

Había estado en coma durante semanas después del accidente, y al salir de él, había permanecido inmovilizado otro par de semanas con el fin de darle a su columna vertebral la oportunidad de sanar. Le habían dicho que había sido afortunado de no sufrir una parálisis permanente, que había sido afortunado de sobrevivir a semejante accidente.

Pero para él, el horror continuó. Y no era porque echara en falta su vista, su fuerza. Era por Andreas. Andreas... no sólo su hermano mayor, sino su mejor amigo.

Y así como a los dos siempre les habían gustado los deportes extremos, Andreas había sido la flecha recta, tan bueno como el sol, mientras Kristian había sido el chico malo y el rebelde.

Juntos habían sido imparables. Se habían divertido

demasiado. No es que no hubieran trabajado... de hecho, habían trabajado con ahínco, pero se habían divertido incluso con más intensidad.

No podía recordar algún momento en que Andreas y él no hubieran participado en alguna ridícula y atrevida aventura. Su padre, Stavros, había sido un deportista convencido, y su deslumbrante madre francesa no sólo había sido hermosa, en una ocasión también había representado a Francia en los Juegos Olímpicos de invierno. El deporte había sido la pasión de la familia.

Claro que había existido el peligro, pero su padre les había enseñado a leer las montañas, a estudiar las predicciones meteorológicas y a discutir las condiciones de la nieve con expertos en avalanchas. Habían combinado su amor por la aventura con un riesgo inteligente. Y así habían encarado la vida.

El dinero y las oportunidades jamás habían faltado.

Pero eso no los había protegido de la tragedia. No los hacía inmunes al dolor o la pérdida.

Andreas era la razón por la que necesitaba tomar pastillas. Por la que no podía dormir.

¿Por qué no había salvado primero a su hermano? ¿Por qué había esperado?

Volvió a moverse, las piernas vivas y en llamas. Los médicos decían que eran sus nervios y tejidos curándose, pero el dolor era enloquecedor.

Tanteó la mesilla en busca de su medicina, pero no encontró nada. La enfermera debía de haberse llevado los analgésicos que siempre guardaba allí.

Si tan sólo pudiera dormir.

Si pudiera relajarse y desterrar el dolor. Pero no se relajaba y necesitaba algo, cualquier cosa, que le quitara la mente del accidente y de lo que había sucedido aquel día en Le Meije.

Habían salido diez para el último recorrido. Lleva-
ban esquiando toda la semana y era su penúltimo día.
Las condiciones habían sido buenas, los guías de esquí
habían dado el visto bueno y el helicóptero había des-
pegado. Menos de dos horas más tarde, sólo habían sobrevivido tres del grupo.

Cosima había vivido, pero no Andreas.

Kristian había salvado a Cosima en vez de a su hermano, y ésa era la decisión que lo atormentaba.

Y lo peor era que Cosima jamás le había llegado a
caer bien... ni siquiera la primera vez que la vio.
Desde el principio le había parecido una chica superficial a la que le encantaba vivir para la escena social,
y nada de lo que había dicho o hecho en los siguientes dos años lo había convencido de lo contrario.
Desde luego, Andreas nunca había visto ese lado de
ella. Sólo había visto su belleza, su estilo y lo divertida que era.

Se puso boca abajo para buscar los frascos que tenía en los cajones. Nada.

Entonces recordó el que tenía entre los colchones y
justo alargaba la mano para buscarlo cuando la puerta
de su dormitorio se abrió y oyó el sonido del interruptor de la luz.

–Sigue despierto.

Era la querida enfermera en sus rondas nocturnas.

–¿Echa de menos la rutina del hospital? –despacio,
se puso boca arriba y se incorporó hasta sentarse.

Elizabeth se acercó a la cama.

–Hace años que no trabajo en un hospital. Mi empresa se especializa en cuidados privados en el hogar.

Escuchó sus pisadas, tratando de imaginar su edad.

Había jugado a ese juego con todas sus enfermeras.
Como no podía ver, creaba sus propias imágenes vi-

suales. Y al escuchar la voz y las pisadas de Elizabeth Hatchet, comenzó a crearse un cuadro mental de ella.

¿Edad? Treinta y algo. Quizá próxima a los cuarenta.

¿Pelo castaño, pelirrojo, negro o rubio?

Se inclinó sobre la cama y sintió su calor al tiempo que captaba un destello de un ligero y fresco aroma... la misma fragancia viva y algo dulce que había percibido antes.

–¿No puede dormir? –preguntó.

La voz sonó tentadoramente cerca.

–Jamás duermo.

–¿Siente dolor?

–Mis piernas están en llamas.

–Necesita usarlas, ejercitarlas. Mejoraría la circulación y, con el tiempo, aliviaría casi todos los síntomas de dolor que experimenta ahora.

Para una mujer con unos modales tan bruscos, tenía una voz bonita. Cálida, dulce, evocadora.

–Suena tan segura de sí misma –la oyó moverse otra vez, percibiendo su proximidad.

–Es mi trabajo. Es lo que hago –repuso ella–. Dígame, señor Koumantaros, ¿qué hace *usted*... además de lanzarse por pendientes demasiado verticales?

–¿No aprueba el esquí extremo?

Elizabeth sintió que el pecho se le encogía. Esquí extremo. Saltar desde montañas. Esquivar avalanchas. Era ridículo tentar al destino de esa manera.

Con impaciencia, estiró las sábanas y el edredón en el pie de la cama.

–No apruebo arriesgar la vida por deporte –repuso–. No.

–Pero el deporte es ejercicio... ¿no es lo que me pide que haga?

Lo miró, sabiendo que volvía a provocarla. Estaba sin camisa, y su pecho era grande, sus hombros inmensos. Comprendió que para él no se trataba más que de un juego, como su amor por el deporte.

Quería algo que lo distrajera de encarar las consecuencias de su horrible accidente.

–Señor Koumantaros, hay muchos ejercicios que no ponen en riesgo la vida o la integridad física... o cuestan una exorbitante cantidad de dinero.

–¿Es el deporte o el dinero a lo que le pone objeciones, enfermera?

–A ambas cosas –aseveró.

–Qué refrescante. Una inglesa con opinión para todo.

Quizá había podido atormentar a sus otras enfermeras, pero con ella no tendría éxito.

Tenía un trabajo que desempeñar y lo haría, luego regresaría a casa y la vida continuaría... con mucha más serenidad en cuanto Kristian Koumantaros estuviera fuera de ella.

–Sus almohadas –había creído que le había dejado claro que estaba a punto de inclinarse para acomodárselas, pero al extender los brazos, de pronto él levantó las manos y éstas se enredaron en su cabello.

Elizabeth retrocedió con rapidez, agitada. Había oído todos los rumores sobre la fama de playboy de Kristian, sabía que tenía reputación de seductor, pero la desconcertó que intentara eso con ella.

–Al no poder ver, no sabía que estaba ahí –expuso con frialdad, queriendo evitar cualquier alegación de conducta impropia–. En el futuro, le pediré que se mueva antes de acomodarle la almohada o el cobertor.

–Sólo fue su pelo –dijo con suavidad–. Me rozó la cara. Simplemente, lo aparté.

–Mañana me cercioraré de llevarlo recogido.

–Su cabello es muy largo.

No quería entrar en el campo personal. Ya se sentía muy incómoda de haber vuelto a Grecia, y de estar tan aislada en Taygetos.

–Habría pensado que tenía el pelo corto y crespo –continuó él–. O en un moño. Suena como una mujer que lo lleva bien tirante y recogido.

Seguía tratando de aguijonearla.

–Me gustan los moños, sí. Son profesionales.

–Y usted es *tan* profesional –se burló.

Palideció y se puso rígida. Sintió un nudo helado en el estómago.

Su antiguo marido, otro playboy griego, la había hecho pasar por dos años de infierno antes de que quedaran final y legalmente separados, y había necesitado casi cinco años para recobrarse. Un playboy griego ya le había roto el corazón. Se negaba a dejar que otro hiciera lo mismo con su espíritu.

Irguió los hombros y alzó la cabeza.

–Como no hay nada más que requiera, señor Koumantaros, le diré buenas noches –y antes de que pudiera hablar, salió de la habitación y cerró con firmeza la puerta a su espalda.

Pero su control se quebró nada más salir al pasillo. Con rapidez, extendió una mano para apoyarse en la pared.

No podía quedarse ahí y dejar que la atormentara de esa manera.

Despreciaba a los griegos malcriados y consentidos... en particular a los magnates ricos con demasiado tiempo en las manos.

Después de su divorcio, había jurado que jamás regresaría a Grecia, pero ahí estaba, no sólo en Grecia, sino atrapada en la cumbre de una montaña, en un monasterio medieval con Kristian Koumantaros, un hombre tan rico y tan poderoso que hacía que los jeques árabes parecieran pobres.

Soltó el aliento contenido. Tampoco podía dejar que el día siguiente fuera una repetición. Ya empezaba a perder el control de Koumantaros y de la situación.

Sacudió la cabeza.

Regresó a la habitación que le había asignado el jefe de personal y se dijo que al día siguiente le demostraría que ella estaba al mando.

Podía hacerlo. Tenía que hacerlo.

El dormitorio retenía el calor del día. Como los otros cuartos de la torre, el techo de escayola era alto y estaba decorado con frisos pintados.

Fue a abrir las ventanas y permitir la entrada de la brisa. Las tres ventanas en arco daban a los jardines, en ese momento bañados por la luna, y al valle de más allá.

Era de una belleza poco común. Pero también extremadamente peligroso. Kristian Koumantaros era un hombre acostumbrado a dominar su mundo. Necesitaba que trabajara con ella, que cooperara, o le destruiría el negocio y la reputación que tanto le habían costado ganar.

Fue al espejo de plata tallada y se recogió el pelo. Se miró con una mueca. Cuando se había cuidado más, cuando había tenido un estilo de vida lujoso, había sido de un rubio más claro, más parecido al champán, más suave, más bonito. Pero había dejado atrás todo eso. Ya no tenía ni un solo vestido de alta costura ni mansiones. El estilo de vida que había llevado había desaparecido.

Estaba olvidado.

Antes de darle súbitamente la espalda al espejo, captó el destello en sus ojos y reconoció que no estaba olvidado.

La medicina, ser enfermera, le proporcionaban una escapatoria, una estructura y una rutina, junto con una satisfactoria dosis de control. La medicina y la dirección de la empresa resultaban algo más predecible. Mucho más gobernable. Lo que rezaba que Kristian fuera al día siguiente.

A la mañana siguiente se levantó temprano, dispuesta a trabajar, pero incluso a las siete, el monasterio convertido en villa estaba a oscuras a excepción de unas pocas luces en la cocina.

Se puso una blusa celeste a juego con la falda, su idea de un uniforme de enfermera, antes de ir en busca del desayuno, lo que pareció sorprender a la cocinera.

Logró convencerla de que sólo necesitaba una taza de café y algo para picar. La mujer le sirvió un café griego y una *tiropita*, o pastel de queso, mientras Elizabeth hablaba con Pano.

Se enteró de que Kristian por lo general dormía hasta tarde y tomaba el café en la cama, antes de dirigirse a la biblioteca, donde pasaba cada día.

–¿Qué hace durante el día? –preguntó. Pano titubeó, y al final se encogió de hombros–. ¿No hace nada? –conjeturó Elizabeth.

–Para él es difícil.

–Tengo entendido que al principio realizaba los ejercicios físicos. ¿Qué pasó luego?

–Fue la cirugía ocular... el intento de reparar las retinas –suspiró, y la misma joven que le había servido café a Elizabeth el día anterior se acercó con una jarra

recién hecha–. Hasta entonces había visto un poco...
no mucho, pero sí lo suficiente para distinguir la luz y
las sombras, las formas... sin embargo, algo salió mal
en las repetidas cirugías y ahora está como lo ve.
Ciego.

Supo que perder el resto de la visión debió representar un golpe terrible.

–He leído en su historial que aún hay una leve posibilidad de que pudiera recuperar algo de visión con
otro tratamiento. Comprendo que sería mínimo –Pano
volvió a encogerse de hombros–. ¿Por qué no lo
prueba? –persistió.

–Creo... Tiene miedo. Es su última esperanza –agitó
una mano–. Mientras postergue la cirugía, puede albergar la esperanza de que algún día vuelva a ver. Pero
en cuanto pase por el quirófano, y si no funciona... –el
anciano chasqueó los dedos–... entonces no le quedará
ninguna esperanza.

Y Elizabeth podía entender eso.

Pero a medida que pasaban las horas y llegaba el
mediodía, su simpatía fue desvaneciéndose.

¿Qué clase de vida era ésa en la que se dormía todo
el día?

Fue en busca de Pano para interrogarlo acerca de
los hábitos de sueño de su jefe.

–¿Es habitual que el *Kirios* Koumantaros duerma
hasta tan tarde? –preguntó.

–No es tarde. No para él. Puede dormir hasta la una
o las dos del mediodía.

–¿Las otras enfermeras se lo permitían? –inquirió
con incredulidad.

Panos se inclinó sobre la mesa grande para terminar
de ordenar la correspondencia y los papeles allí apilados.

–Sus otras enfermeras no podían controlarlo. Es un hombre. Hace lo que le place.

–No. No cuando sus cuidados médicos cuestan miles y miles de libras esterlinas a la semana.

Terminada su tarea, Pano se irguió.

–No se le dice a un hombre adulto lo que debe hacer.

–Sí se le dice. Si lo que hace es autodestructivo.

Pano no respondió, y después de echarle un vistazo al alto reloj de la biblioteca, que le indicó que era la una menos cinco, Elizabeth se dio la vuelta y se dirigió al dormitorio de Kristian.

Lo que encontró en la mesilla explicaba el sueño largo y profundo.

Había tomado pastillas para dormir. No sabía cuántas ni cuándo, pero el frasco no había estado allí antes.

Ella se había llevado todas las medicinas de la biblioteca. Pero alguien, y sospechaba que se trataba de Pano, estaba facilitando que Kristian fuera dependiente.

Pronunció su nombre para despertarlo. No obtuvo respuesta. Lo repitió.

–Señor Koumantaros, es más del mediodía... es hora de despertarse –nada. Se acercó más a la cama y dijo en voz alta–. Es más del mediodía, señor Koumantaros. Hora de levantarse. No puede dormir todo el día –era evidente que no tenía interés en levantarse. Carraspeó y prácticamente gritó–: Kristian Koumantaros... es hora de levantarse.

Kristian oyó a la mujer. Sonaba como si tuviera un megáfono. Pero no quería despertar.

Quería dormir.

Necesitaba seguir durmiendo, anhelaba el sueño

profundo que hacía que todo fuera oscuro, silencioso y apacible.

Pero la voz no paraba. Se hizo más fuerte. Más fuerte.

Y al siguiente instante le apartaron el cobertor y la sábana, dejándolo al descubierto.

—Largo —gruñó.

—El mediodía ya ha pasado, señor Koumantaros. Es hora de levantarse. Su primera sesión de fisioterapia es en menos de una hora.

Y fue ahí cuando recordó que trataba con su séptima enfermera. Elizabeth Hatchet. Decidida a hacerle la vida desdichada.

Se puso boca abajo.

—No está autorizada a despertarme.

—Sí que lo estoy. No puede dormir todo el día.

—¿Por qué no? Estuve despierto casi toda la noche.

—Su primera sesión de fisioterapia va a comenzar pronto.

—Está loca.

—Loca no, ni siquiera enfadada. Sólo lista para hacer que reinicie su tratamiento, siguiendo un adecuado programa de ejercicios.

—No.

Ni se molestó en discutir. No tenía sentido.

—Pano viene con el desayuno. Le dije que usted podría tomarlo en el comedor, como un hombre civilizado, pero insistió en servírselo en la cama.

—Buen hombre —musitó Kristian.

—Pero ésta es la última mañana en la que se le servirá en la cama. Usted no es un inválido ni un príncipe. Puede comer a una mesa como los demás —le acercó la silla de ruedas—. Aquí tiene la silla, por si la necesita, yo me quedaré unos momentos mientras recojo unas cosas.

Tomó el frasco de la mesilla y se dirigió al cuarto de baño contiguo al dormitorio. Allí abrió cajones y armarios antes de regresar a la habitación con otros dos frascos en la mano.

–¿Qué está haciendo? –preguntó Kristian, sentándose y escuchándola abrir cajones en su cómoda.

–Buscar el resto de su alijo secreto.

–¿Alijo secreto de qué?

–Lo sabe perfectamente bien.

–Si lo supiera, no se lo preguntaría.

Encontró otro frasco de píldoras en la parte de atrás del primer cajón de la cómoda, oculto entre los cinturones.

–Entonces, ¿por qué tiene suficientes recetas y frascos como para llenar una farmacia?

Fue el turno de él de guardar silencio. Elizabeth no encontró nada más. Quizá ya había dado con todo. Al menos eso esperaba.

–¿Y ahora qué? –preguntó él.

Ella se dirigió hacia los ventanales que daban a la piscina y a la fuente.

–Son mías –gritó él furioso.

–Ya no –replicó ella.

–No puedo dormir sin esas pastillas...

–Podría si se ejercitara con regularidad y tomara el aire fresco –pudo oír a su espalda a Kristian realizar el incómodo traslado de la cama a la silla.

–*Parakalo* –demandó–. Por favor. Aguarde un condenado minuto.

Lo hizo. Sólo porque era la primera vez que lo oía emplear la palabra *por favor*. Con torpeza, logró atravesar los ventanales y avanzar por el suelo de piedra clara.

–He esperado –dijo, reanudando la marcha–, pero

no pienso devolvérselas. Son veneno. Absolutamente tóxicas para usted.

Kristian recortaba la distancia; al llegar ella a la fuente, abrió los frascos y se volvió hacia él.

Tenía el pelo negro revuelto y la cicatriz en la mejilla era como una pintura de una tribu antigua. Bien podría haber sido un guerrero griego.

–Todo lo que se mete en el cuerpo –trató de calmar su corazón y la desagradable sensación de que volvía a perder el control– y todo lo que le hace a su cuerpo es mi responsabilidad.

Entonces vació los frascos en la fuente y el sonido de las píldoras al tocar el agua bastó para captar la atención de Kristian.

–Lo ha hecho –dijo él.

–Lo he hecho –corroboró ella.

Él frunció el ceño.

–Declaro la guerra, entonces –exhibió una sonrisa lóbrega–. La guerra. Contra su empresa y contra usted. Estoy seguro de que muy pronto, señorita Hatchet, lamentará profundamente haber venido aquí.

Capítulo 4

SINTIÓ que el corazón se le desbocaba.
Era una amenaza. No una simple amenaza, sino
una destinada a ponerla de rodillas.

No era un ratoncillo de iglesia o una campesina que
podía dejarse intimidar. Había salido de una familia
tan poderosa como la familia Koumantaros.

—¿Se supone que debo tener miedo, señor Koumantaros? —preguntó, cerrando los frascos y guardándose-
los en los bolsillos—. Debe comprender que no es un
adversario muy amenazador —haciendo acopio de todo
su valor, continuó con frialdad—. Apenas puede caminar y no puede ver, y depende de todos para cuidar de
usted. De verdad, ¿por qué debería estar asustada?
¿Qué es lo peor que me puede hacer? ¿Insultarme?

Él se echó hacia atrás en la silla.

—No sé si admirar su valor o apiadarme de su inge-
nuidad.

Suspiró para sus adentros y pensó que no habían
empezado bien. Todo con él era una batalla.

—¿Apiadarse? —se mofó—. No sienta pena por mí. Es
usted quien no ha trabajado en un año. Es usted quien
necesita que otros lleven sus asuntos personales y profesionales.

—Se toma demasiadas libertades.

—No son libertades; son verdades. Si fuera la mitad
de hombre que sus amigos dicen que es, no seguiría
escondido lamiéndose las heridas.

–¿Lamiéndome las heridas? –repitió despacio.

–Sé que ocho personas murieron aquel día en Francia y sé que una de ellas era su hermano. Sé que trató de rescatarlo y sé que resultó herido al volver por él. Pero no lo recuperará matándose... –calló cuando él alargó la mano y le aferró la muñeca. Intentó soltarse, pero él no lo permitió–. Ningún contacto personal, señor Koumantaros –dijo con firmeza–. Existen pautas estrictas para la relación paciente enfermera.

Él rió, como si acabara de hacer una broma. Pero también la soltó.

–No creo que su tan profesional Calista recibiera ese memorando.

Bajó la vista a su muñeca, que de pronto le ardía, y no vio ninguna marca. Pero se frotó la piel con gesto nervioso.

–No es un memorando. Es un patrón ético. Toda enfermera sabe que hay líneas que no se pueden cruzar. Aquí no existen las zonas grises. Es muy blanco y negro.

–Quizá quiera explicárselo a Calista, porque ella me *suplicó* que le hiciera el amor. Pero también me pidió dinero... algo confuso para un paciente, se lo aseguro.

Elizabeth se quedó de piedra.

–¿Qué quiere decir con que le pidió dinero?

–¿Es que en el Reino Unido no existen los chantajes?

–Intenta trasladar las responsabilidades y la culpa –miró alrededor con rapidez, conteniendo el pánico. Porque si Calista había tratado de chantajear a Kristian Koumantaros... mal, muy mal. Era tan malo que ni siquiera pudo acabar el pensamiento.

Con expresión velada, él se encogió de hombros y

apoyó las manos en los rebordes de las ruedas de la silla.

–Pero como usted dice, sólo tenía veintitrés años... era muy joven. Quizá no comprendió que no era ético seducir a un paciente y luego exigirle dinero para mantener la boca cerrada –hizo una pausa–. Quizá no se dio cuenta de que chantajearme mientras trabajaba para First Class Rehab significaba que First Class Rehab sería responsable de las consecuencias.

A Elizabeth se le aflojaron las piernas. El año anterior se había enfrentado a un montón de problemas y había arreglado todo, desde un presupuesto exiguo hasta elevados gastos de viaje, pero no había visto llegar eso.

–Y usted es First Class Rehab, ¿verdad, señorita Hatchet? ¿Es su empresa?

No pudo hablar. Se le resecó la boca. El corazón le latió con fuerza. De pronto tuvo mucho miedo de emitir algún sonido.

–He investigado un poco, señorita Hatchet.

–Calista se marchó hace meses –susurró ella–. ¿Por qué no se puso en contacto conmigo entonces? ¿Por qué esperó tanto tiempo para decírmelo?

Él bajó los párpado, ocultando sus ojos intensamente azules.

–Decidí esperar y comprobar si el nivel de cuidados mejoraba. No fue así...

–¡Usted se negó a cooperar! –exclamó, alzando la voz.

–Tengo treinta y seis años, he viajado por el mundo, dirijo una corporación internacional y no estoy acostumbrado a depender de nadie... mucho menos de mujeres jóvenes. Además, acababa de perder a mi hermano, a cuatro de mis mejores amigos, a un primo, a su novia y a la mejor amiga de ésta –la voz le vibró de furia–. Era mucho que asimilar.

–Razón por la que tratábamos de ayudarlo...

–¿Enviándome a una antigua bailarina exótica de veintitrés años?

–No lo era.

–Lo era. También había posado en topless en numerosas revistas... no es que alguna vez las viera; simplemente, alardeó de ello y de cómo a los hombres les encantaban sus pechos. Eran naturales.

Elizabeth temblaba.

–Señor Koumantaros... –suplicó.

Pero él no paró.

–¿Dice que usted contrata y prepara personalmente a cada enfermera? ¿Dice que usted lleva a cabo todos los informes y las entrevistas?

–Al principio, sí, yo lo hacía todo. Y sigo entrevistando a todas las aspirantes del Reino Unido.

–Pero ya no lo hace. Ya no realiza las comprobaciones en persona, ¿verdad?

La tensión la recorrió.

–No.

–La publicidad de su agencia dice que sí.

Elizabeth se mordió el labio, sintiéndose atrapada, arrinconada. Jamás había trabajado más duramente que el año anterior. Nunca había logrado tanto ni librado tantas batallas.

–Hemos crecido mucho en el último año. Duplicado nuestro tamaño. Yo he tenido que...

–¿Quién está llena de excusas ahora?

Se ruborizó. Supuso que se lo merecía.

–Tengo oficinas en siete ciudades, incluida Atenas, y empleo a cientos de mujeres por toda Europa. Avalaría a casi todas.

–¿*A casi?* –se mofó–. Hasta ahí llega el servicio de primera de First Class Rehab. Ya lo veremos cuando termine de proporcionarme los cuidados esmerados que tan desesperadamente necesito –sonrió–. Y merezco.

Ella cruzó los brazos, aturdida y más que algo temerosa.

–¿Significa eso que esta tarde trabajará conmigo en su terapia física? –preguntó.

–No, significa que *usted* trabajará *conmigo* –comenzó a avanzar, regresando a las habitaciones de la torre–. Imagino que es la una, lo que indica que el almuerzo se servirá en una hora. Nos reuniremos para comer y entonces podremos discutir lo que pienso sobre la terapia.

Elizabeth pasó la hora siguiente en un estado de conmoción.

Ella le había dicho a Calista que volara a Londres para la entrevista final. Había sido un vuelo con todos los gastos pagados y la joven la había impresionado de inmediato como una enfermera cálida, enérgica y dedicada. Una auténtica profesional. Era imposible que fuera o que alguna vez hubiera sido una bailarina exótica. Ni una modelo topless. Imposible.

Además, a Calista ni se le pasaría por la cabeza seducir a un hombre como Kristian Koumantaros. Era una buena chica griega, una mujer joven con sólidos valores familiares.

Y no mucho dinero.

Cerró los ojos y movió la cabeza, sin querer creer en lo peor. «Pues no lo hagas».

Mientras atravesaba la casa en dirección a su dormitorio para refrescarse, una voz leve le susurró en la cabeza: «¿No fue por eso por lo que tú te casaste con un hombre como Nico? ¿Porque sólo querías creer lo mejor en él?»

Cuarenta y cinco minutos más tarde, regresó a la terraza donde el día anterior había tomado un almuerzo tardío a la sombra. Descubrió que Kristian ya estaba allí disfrutando de un café.

Al oír sus pisadas, él alzó la cabeza y miró en su dirección. Ella contuvo el aliento

Se había afeitado. Llevaba el tupido pelo negro peinado y al mirarla, el azul de sus ojos le resultó muy intenso. Quizá más por la falta de visión, ya que debía concentrarse, escuchar de verdad.

Las facciones masculinas le produjeron un escalofrío de percepción, algo que la desconcertó, ya que casi todo en ese hombre la desnivelaba. Durante un momento, experimentó lo que Calista debió de sentir al verse enfrentada a un hombre así.

—Hola —dijo, sentándose con timidez—. Tiene buen aspecto —añadió con voz extrañamente ronca.

—Un buen afeitado ayuda mucho.

Extendió la servilleta por su regazo y pensó que no era solo eso. Era la expresión alerta, la sensación de que estaba allí, mental, físicamente, y prestando atención.

—Lamento mucho los problemas de comunicación —dijo, anhelando empezar de nuevo, arrancar con mejor pie—. Entiendo que esté muy frustrado y quiero que sepa que es mi intención hacer que todo sea mejor...

—Lo sé —interrumpió con suavidad.

—¿Sí?

—Tiene miedo de que destruya su empresa —enarcó una ceja—. Y sería fácil hacerlo. En un mes desaparecería.

Aunque no se veía ni una nube en el cielo, fue como si todo se oscureciera.

–Señor Koumantaros...

–Viendo que vamos a trabajar de forma estrecha, ¿no es hora de que nos tratemos de tú y nos llamemos por nuestros nombres de pila? –sugirió él.

Lo miró con suspicacia. En ese momento le recordó a un animal salvaje... peligroso e impredecible.

–Eso podría ser difícil.

–¿Por qué?

Se preguntó si debería ser sincera, si sería el momento de halagarlo, de ganárselo con cumplidos no sinceros, pero se opuso. Siempre había sido franca.

–El nombre Kristian no encaja con usted. Implica parecido con Cristo, y usted dista mucho de algo así.

En vez de enfadarse, él esbozó una leve sonrisa.

–En una ocasión, mi madre dijo que nos había dado a los dos los nombres equivocados. Mi hermano mayor, Andreas, debería haber llevado mi nombre, y consideraba que yo habría estado mejor con el suyo. Andreas en griego significa...

–Fuerte –concluyó por él–. Masculino. Valeroso.

Kristian alzó la cabeza como si pudiera verla.

–He notado que dominas el griego –comentó–. Es algo inusual teniendo en cuenta tu entorno.

Él no conocía su entorno. No conocía nada sobre ella. Pero ése no era el momento de corregirlo. En un esfuerzo por entablar la paz, estaba dispuesta a mostrarse conciliadora.

–¿Así que usted es el fuerte y su hermano era el santo?

Él se encogió de hombros.

–Él está muerto y yo vivo.

–Antes dijo que estaba dispuesto a comenzar su terapia física, ¿pero quiere controlar su programa de rehabilitación?

Kristian asintió.

–Así es. Estás aquí para ayudarme a lograr mis objetivos.

–Estupendo. Anhelo ayudarlo a lograrlos –cruzó las piernas y apoyó las manos en el regazo–. Bien, ¿qué quiere que haga?

–Lo que sea necesario hacer.

–Eso resulta vago –dijo después de un momento de asombro.

–Oh, no te preocupes. No seré vago. Mantendré el completo control. Te diré a qué hora empezaremos el día, a qué hora lo acabaremos y lo que haremos entremedias.

–¿Y los ejercicios? Los estiramientos, los alargamientos...

–Yo me ocuparé de eso.

¿Iba a trazar su propio tratamiento? La cabeza le dio vueltas. No podía pensar con mucha claridad. Todo era demasiado ridículo. Por fortuna, al final regresó la lógica.

–Señor Koumantaros, puede que sea un ejecutivo excelente, pero eso no significa que conozca los fundamentos de la fisioterapia...

–Enfermera Hactchet, no he caminado porque no he querido caminar. Es así de simple.

–¿Lo es?

–Sí.

Santo cielo, era arrogante... y extremadamente seguro de sí mismo.

–¿Y ahora quiere caminar?

–Sí.

Se reclinó en la silla y lo miró. Kristian cambiaba ante sus ojos. Se metamorfoseaba.

Pano y el ama de llaves aparecieron con el almuerzo, pero él no les prestó atención.

—Fuiste tú quien me dijo que tenía que avanzar, y tenías toda la razón. Es hora de avanzar y de volver a ponerme de pie.

Observó la diversidad de platos pequeños que pusieron ante ellos. Desde crema de berenjenas hasta yogur natural, pepinos y ajo. También platos calientes de *keftedhes, dolmadhes* y *tsiros*. Y todo tenía un olor asombroso.

—¿Y cuándo pretende empezar su... programa? —preguntó.

—Hoy. Inmediatamente después de la comida —se quedó quieto mientras Pano movía los platos a su alrededor. Cuando los dos empleados se marcharon, Kristian continuó—: Quiero caminar pronto. Necesito estar caminando dentro de una semana si quiero ir a Atenas en un mes.

—¿Caminar la semana próxima? —se atragantó, incapaz de asimilarlo todo. No podía creer el cambio experimentado. Todo era diferente, en particular él. Incluso parecía más grande, más alto. Más imponente.

—Una semana —insistió.

—Kristian, está bien tener objetivos. Pero, por favor, sea realista. Es muy improbable que pueda caminar sin ayuda en las próximas dos semanas, pero con un trabajo duro, tal vez pueda lograr distancias cortas con el andador...

—Si voy a Atenas, no puede haber ningún andador.

—Pero...

—Es cuestión de cultura y respeto. Tú no eres griega; no entiendes...

–Sí entiendo. Por eso estoy aquí. Pero dese tiempo para alcanzar sus objetivos. Dos o tres meses es mucho más realista.

Él empujó la silla para apartarse un poco de la mesa.

–¡Suficiente!

Despacio, apoyó un pie en el suelo, y luego el otro, y entonces, adelantándose, puso las manos sobre la mesa. Durante un momento, pareció como si no pasara nada, y después, poco a poco, comenzó a elevarse, utilizando los tríceps, los bíceps y los hombros.

Palideció y le aparecieron unas gotas de sudor en la frente. Continuó empujando hasta encontrarse completamente erguido.

En cuanto lo consiguió, echó la cabeza atrás en un acto casi primitivo de conquista.

–*Ya* –soltó.

Le había demostrado que se equivocaba.

Y le había costado, eso podía verlo en la tensión de sus facciones.

No pudo evitar mirarlo con respeto renovado. Lo que había hecho no era fácil. Pero había tenido éxito. Se había puesto de pie por sí solo.

Y lo había hecho como un acto de protesta y desafío.

–Es un comienzo –comentó, ocultando su asombro. No era un hombre simple, sino una fuerza a la que había que tener en cuenta–. Es impresionante. Pero sabe que va a ser más arduo a partir de aquí.

Kristian movió su peso, se estabilizó y apartó una mano de la mesa, pareciendo todavía más alto.

–Bien –dijo con emoción–. Estoy preparado.

Sin permitir que nadie lo ayudara, volvió a sentarse y Elizabeth lo admiró, y supo que como se entregara a toda la terapia de esa manera, no tardaría en estar extenuado, frustrado y posiblemente más lesionado.

Necesitaba desarrollar su fuerza de manera gradual, con un enfoque sistemático y científico.

Pero Kristian tenía un plan distinto... que le perfiló después del almuerzo.

Le expuso que ponerse de pie, caminar, era una simple cuestión de la mente sobre la materia, y el trabajo de ella no era aportar obstáculos, ni siquiera ofrecerle consejo. Su trabajo era estar ahí cuando él quisiera algo, eso era todo.

—¿Soy una criada? —preguntó, tratando de ocultar su indignación. ¿Después de cuatro años de hacer enfermería y dos más sacando un máster en dirección de empresas?—. Podría contratar a cualquiera para que viniera a hacer de criada. Yo tengo un poco más de conocimientos y resulto algo cara...

—Lo sé —cortó con tono sombrío—. Tu agencia facturó una cantidad exorbitante por mi cuidado... para lo que me sirvió.

—Usted eligió no mejorar.

—Los métodos de tu agencia eran inútiles.

—Protesto.

—Protesta todo lo que quieras, pero eso no cambia la verdad. Bajo el cuidado de tu agencia, no sólo no me recobré, sino que fui acosado y chantajeado. Resumiendo, no sólo te aprovechaste del sistema, y de mí, para obtener cientos y miles de euros, sino que también te atreviste a presentarte aquí, sin ser invitada ni bienvenida, para forzarme tu presencia.

Indignada, se puso de pie.

—Me marcharé, entonces. Olvidemos esto... finjamos que jamás aconteció...

—¿Y qué me dices de los médicos, enfermera? ¿Todos esos especialistas que insistieron en que vinieras aquí o yo me trasladara a Atenas? ¿Era verdad u otra de tus mentiras?

–¿Mentiras?

–Sé por qué estás aquí...

–¡Para que mejore!

–Tienes exactamente diez segundos para darme el nombre completo y el número de contacto de la persona responsable ahora de pagar mis facturas médicas o en una hora comenzaré a desmantelar tu empresa. Sólo hará falta una llamada a mi oficina en Atenas y tu vida, tal como la conoces ahora, cambiará para siempre.

–Kristian...

–Nueve segundos.

–Kris...

–Ocho.

–Prometí.

–Siete.

–Un trato es...

–Seis.

Las lágrimas le quemaron los ojos.

–Es porque le importas. Es porque te ama...

–Cuatro.

–Te quiere de vuelta. En casa. Cerca de ella.

–Dos.

–*Por favor*.

–Uno.

–Cosima –se llevó un puño al pecho–. Cosima me contrató. Está desesperada. Sólo te quiere de vuelta en casa.

Capítulo 5

COSIMA?

Apretó la mandíbula. ¿Cómo podía pagar su tratamiento? Podía ser la antigua novia de Andreas y la mujer más popular en la vida social de Atenas, pero tenía más problemas financieros que toda la gente que él conocía.

–¿Cosima te contrató? –repitió–. ¿Fue ella quien se puso en contacto contigo en Londres?

–Sí. Pero le prometí que no te lo diría.

–¿Por qué?

–Me contó que te molestaría mucho descubrirlo, dijo que eras tan orgulloso... –calló y en su voz se reflejó la amenaza de las lágrimas–. Dijo que tenía que hacer algo para demostrarte lo mucho que creía en ti.

¿Cosima creyendo en él?

O quizá se debía a que se sentía en deuda con él. Quizá se sentía tan abrumada por la culpa como él. Después de todo, ella vivía y Andreas había muerto, y él había tomado la decisión. Era él quien aquel día había jugado a ser Dios.

Y no podía aceptar la decisión tomada. Ni que se trataba de una decisión imposible de modificar.

Pero Elizabeth, que no sabía nada del desprecio de Kristian, continuó:

–Ahora que lo sabes, el contrato no es válido. No puedo quedarme...

–Claro que puedes –interrumpió–. Ella no tiene que saber que yo lo sé. No tiene sentido estropear su pequeño plan.

–Cosima sólo quiere lo mejor para ti –comentó ella cansada–. Por favor, no te enfades con ella. Parece una persona amable.

Fue en ese momento cuando Kristian se enteró de algo muy importante sobre Elizabeth Hatchet.

Podía albergar intenciones sinceras, pero no tenía idea de juzgar el carácter de una persona.

Estuvo a punto de preguntarle si era consciente de que Cosima y Calista habían ido juntas a la escuela. Si sabía que las dos mujeres habían compartido un apartamento durante más de un año y que también habían trabajado juntas como modelos.

Podía decirle que habían sido amigas íntimas hasta que sus vidas habían seguido caminos diferentes.

Cosima había conocido a Andreas Koumantaros y se había convertido en la novia de uno de los hombres más ricos de Grecia.

Calista, incapaz de encontrar un novio lo bastante rico o trabajos suficientes de modelo para pagar el alquiler, se había dedicado a la danza exótica y a posar para revistas dudosas.

Las dos parecían no haber tenido nada más en común pasados un par de años. Cosima había recorrido el mundo como una prometida mimada y Calista se había afanado en cuadrar su presupuesto.

Y entonces la tragedia entró en acción, nivelando la balanza.

Andreas había muerto en la avalancha, Cosima había sobrevivido pero perdido el estilo de vida que había llevado y Calista, que aún luchaba para sobrevivir, había creído encontrar a su millonario particular.

–Has conocido a Cosima, entonces –expuso sin rodeos.

–Sólo hemos hablado por teléfono, pero su preocupación, y *está* preocupada, me conmovió –añadió con ansiedad, tratando de llenar el silencio–. Es evidente que tiene un buen corazón, y no sería justo castigarla por tratar de ayudarte.

Él se frotó el mentón.

–No, tienes razón. Y has dicho que parece inquieta por verme de pie.

–Sí. Sí... Y lloraba por teléfono. Creo que tiene miedo de que la excluyas...

–¿De verdad? –eso lo intrigó ¿Es que Cosima imaginaba algún tipo de futuro para ellos dos? La idea era tan grotesca como risible.

–Dijo que te habías aislado demasiado aquí.

–Éste es mi hogar.

–Pero le preocupa que estés demasiado deprimido y postrado.

–¿Fueron ésas sus palabras reales? –trató de contener el sarcasmo.

–De hecho, sí. Las tengo en mis notas, si quieres ver...

–No, te creo –lo embargó la incredulidad. Cosima no era sentimental. Tampoco especialmente emotiva o sensible. Entonces, ¿por qué estaba ansiosa de que regresara a Atenas?–. Entonces –añadió con el afán de averiguar más–, te enviaron a rescatarme.

–No a rescatarte, sólo a motivarte. A ponerte de pie.

–¡Mira! –gesticuló–. Hoy me he puesto de pie. Mañana conquistaré el Everest.

–El Everest, no –corrigió Elizabeth, divertida–. Sólo poder caminar a tiempo para tu boda.

¿Boda?

¿Boda?

Ya lo había oído todo. No supo si soltar una carcajada o un gemido de angustia. Su boda. Supuso que con Cosima, la amante de su difunto hermano. Parecía una antigua comedia griega. Llena de alegría obscena pero basada en la tragedia.

Pero una vez conocida la trama, escribiría una pequeña obra propia. Y si todo salía bien, su buena enfermera podría ayudarlo interpretando el papel protagonista.

–No le contemos que lo sé –pidió Kristian–. Trabajemos con ahínco y la sorprenderemos con mi recuperación.

–¿Por dónde empezamos? –preguntó ella–. ¿Qué hacemos primero?

Estuvo a punto de sonreír ante su entusiasmo. Sonaba muy complacida con él.

–Ya he contratado a un fisioterapeuta de Esparta –respondió, dejando claro que no se trataba de una decisión conjunta, sino sólo suya–. Llegará mañana.

–¿Y hasta entonces?

–Probablemente me relaje, duerma. Nade.

–¿Nadar? –preguntó Elizabeth–. ¿Nadas?

–Lo he hecho durante las dos últimas semanas –repuso divertido. Realmente pensaba que se encontraba en un estado de forma horrible.

–¿Desde que se fue la última enfermera? –no respondió. Tampoco era necesario–. Quizá podrías mostrarme la piscina.

–Por supuesto –concedió–. Si me acompañas.

Juntos cruzaron el patio de piedra cubierto con un emparrado.

Fueron hacia la fuente y la dejaron atrás, pasando al jardín con su sendero de gravilla.

–Es precioso –comentó, caminando lo bastante despacio como para que Kristian empujara la silla a ritmo cómodo.

Viéndolo luchar con la gravilla se le pasó por la mente que quizá no había permanecido en la silla de ruedas por pereza, sino porque sin la visión se sentía vulnerable. Quizá para él la silla de ruedas no representaba tanto un transporte como una armadura, una forma de protección.

–¿Hemos llegado casi al seto? –preguntó él, deteniéndose para tratar de orientarse.

–Sí, lo tenemos justo delante.

–La piscina, entonces, está a la izquierda.

Elizabeth giró y quedó momentáneamente deslumbrada por el reflejo del sol en el agua brillante. La piscina larga brillaba en su entorno verde esmeralda.

–¿Es una piscina nueva? –aventuró por el aspecto de la hierba y del magnífico trabajo artesanal de los azulejos.

–Ojalá pudiera decir que fue mi única extravagancia, pero ya llevo una década rehabilitando el monasterio. Ha sido un trabajo de amor.

Llegaron a una pared de piedra baja que bordeaba la piscina y Elizabeth se adelantó para abrir la bonita cancela.

–¿Por qué en Taygetos? ¿Por qué un monasterio en ruinas? No tienes familia de esta zona, ¿verdad?

–No, pero me gustan las montañas... aquí es donde me siento en casa. Mi madre era francesa y se crió en un pueblo pequeño al pie de los Alpes. Yo crecí haciendo montañismo y esquiando. Son las cosas que mi padre nos enseñó a hacer, cosas que mi madre disfrutaba, y me siento bien viviendo aquí.

Vio que no dejaba de tratar de protegerse los ojos con la mano.

–¿Te molesta el sol?

–Por lo general los tengo vendados o con gafas. Sólo necesito encontrar un sitio a la sombra... o sitúame lejos del sol.

–Hay un poco de sombra del otro lado de la piscina, cerca de la pared –titubeó–. ¿Te conduzco?

–Puedo hacerlo yo.

Pero, de algún modo, durante el forcejeo, mientras ella empujaba y él trataba de obtener el control, las ruedas delanteras pequeñas se deslizaron más allá del borde de piedra y el resto de la silla no tardó en seguirlas.

Impactó en la piscina con una gran salpicadura.

Todo sucedió a cámara lenta.

Justo antes de dar en el agua, Elizabeth pudo verse aferrando la silla, agarrándose con fuerza a las asas y tratando de contenerlo, pero fue incapaz de frenar el impulso. Al final lo soltó, sabiendo que no podría detenerlo y temerosa de caer con él y lastimarlo más.

Con el corazón desbocado, se puso de rodillas, horrorizada por lo que acababa de suceder.

¿Cómo había podido dejar que ocurriera? ¿Cómo había podido ser tan imprudente.

Estaba a punto de lanzarse al agua cuando Kristian emergió. Sin embargo, su silla fue otra cuestión. Mientras él nadaba hacia el borde de la piscina, la silla se hundía lenta e inexorablemente.

–Kristian... lo siento, lo siento mucho –se disculpó al arrodillarse en el borde de la piscina. Nunca en la vida se había sentido menos profesional. Un accidente como ése se debía al descuido. Los dos lo sabían–. Debería haber prestado más atención. Lo siento.

Kristian nadó hacia ella.

Adelantándose, Elizabeth le ofreció la mano hasta donde pudo llegar.

–Ya casi estás en la pared. Tienes mi mano delante de ti. Casi la tienes –lo animó.

Los dedos de él se cerraron en torno a los suyos. Se sintió aliviada.

–Te tengo –manifestó.

Y con un tirón fuerte, la levantó y la arrastró hacia la piscina.

Aterrizó sobre el estómago, salpicando agua por doquier.

La había tirado a propósito. No podía creérselo.

Distaba mucho de estar desvalido. Y ya la había engañado tres veces.

Salió a la superficie y lo buscó con la vista, viéndolo apoyado como al descuido contra la pared.

–Eso ha sido mezquino –nadó hacia él, la ropa mojada entorpeciéndole los movimientos.

Él rió suavemente y se apartó el pelo de la cara con la mano.

–Pensé que te resultaría refrescante.

Ella escurrió el agua de su propio pelo.

–Yo no quería que cayeras. Jamás querría eso.

–Tu preocupación por mi bienestar es conmovedor. ¿Sabes, Hatchet? Me preocupaba que pudieras ser como mis otras enfermeras, pero he de decirte que eres peor.

Tragó saliva. Se lo merecía.

–Lo siento –dijo, convencida de que una enfermera responsable nunca habría permitido eso–. Hace tiempo que no desempeño mi profesión. Como bien sabes, ahora soy la directora de la empresa.

–¿Estás un poco oxidada?

–Mmmm –salió por la escalerilla y se sentó en el borde de la piscina para escurrir su camisa y quitarse los zapatos empapados.

–Entonces, ¿qué haces tú aquí en vez de haber enviado a otra enfermera?.

Estrujando agua de su falda, suspiró. Derrotada.

–La agencia está al borde de la bancarrota. No podía permitirme el lujo de enviar a otra enfermera. Era yo o nada.

–Pero mi seguro te ha pagado, y yo te he pagado.

–Había gastos no cubiertos y costó encajarlos, y terminaron por comerse los beneficios hasta que apenas pudimos cubrir el presupuesto –no se molestó en decirle que Calista había necesitado terapia y una compensación económica después de dejar el puesto con él. Lo que había representado una elevada suma–. Creo que será mejor que te traiga la silla –no queriendo pensar en cosas que le costaba controlar.

–La necesito –confirmó él–. ¿Eres una nadadora fuerte?

–Puedo nadar.

–No inspiras mucha seguridad, Hatchet.

–No pasará nada –sonrió a pesar de sí misma. Sólo tenía que sumergirse, contener el aliento, aferrar la silla y subirla.

Él suspiró y se apartó el pelo mojado de la cara.

–Estás asustada.

–No.

–No eres muy buena nadadora.

Emitió un sonido exasperado.

–Puedo nadar largos. Bastante bien. Es donde no hago pie que me... pongo nerviosa.

–¿Claustrofobia?

–Oh, es una tontería, pero... –calló, sin querer contárselo. No necesitaba que se riera de ella. Era auténtico miedo, y poco podía hacer.

–¿Pero qué?

–Tuve un accidente de pequeña. Jugaba a bucear con una chica que había conocido. Tirábamos monedas y luego las recogíamos. Bueno, en ese hotel había un drenaje enorme en el fondo, y de algún modo... –volvió a callar–. Tenía mucha succión y las tiras de mi bañador terminaron por engancharse. No pude soltarlas ni quitarme el traje.

Kristian no dijo nada y ella sonrió.

–Me sacaron, por supuesto. Es obvio, ya que aquí estoy. Pero... –sintió un aletear doloroso en el estómago, un recuerdo de pánico y de cómo había sido–. Me aterró.

–¿Cuántos años tenías?

–Seis.

–Debías ser una buena nadadora para jugar a bucear con seis años.

Ella rió un poco.

–Creo que de pequeña era un poco salvaje. Mi niñera... –calló–. En cualquier caso, después de aquello ya no quise nadar. Y menos en piscinas grandes. Y desde entonces, me he ceñido casi siempre a las zonas en las que hago pie. Un poco aburrido, pero seguro.

Pudo sentir su escrutinio a pesar de que no podía verla.

–Te ofrezco un trato –comentó él al final.

–¿Qué clase de trato? –preguntó con suspicacia. Hasta el momento, sus tratos habían sido terribles.

–Iré a buscar la silla si no miras mientras me desnudo. No puedo bucear vestido.

Elizabeth subió las rodillas contra el pecho y trató de no reír.

–¿Tienes miedo de que te vea desnudo?

–Intento protegerte. Eres un enfermera con poca experiencia práctica últimamente. Temo que... mi desnudez... podría abrumarte.

–Bien –sonrió.

–¿Bien, qué? –enarcó una ceja oscura–. ¿Bien, me mirarás? ¿O bien, educadamente desviarás la vista?

–Bien, educadamente desviaré la vista.

–*Endaxi* –dijo todavía en el agua. Y entonces comenzó a quitarse las prendas una a una.

Y aunque le había prometido no mirar, el sonido del algodón mojado por la piel mojada era demasiado tentador.

Miró, y a medida que las prendas desaparecían, descubrió que tenía un cuerpo asombroso, a pesar del accidente y de las terribles lesiones. Seguía exhibiendo un torso poderoso y musculado, mientras que desde su perspectiva, las piernas se veían largas y bien formadas.

Sin ropa, desapareció bajo la superficie con brazadas potentes. Aunque no podía ver, iba en la dirección adecuada. En cuanto encontró la silla, la sujetó por el respaldo y de inmediato comenzó a nadar hacia arriba.

Increíble.

Al emerger, Pano y una de las doncellas atravesaron la cancela a la carrera con un enorme montón de toallas.

–*Kyrios* –llamó el mayordomo–, ¿está bien?

–Estoy bien –repuso Kristian, llevando la silla al costado de la piscina.

Allí estaba Pano para recogerla. La colocó de costado y el agua cayó por las ruedas y los radios. Luego invirtió el proceso y el agua salió de los agujeros para los tornillos; después se la pasó a la doncella, quien comenzó a secarla con vigor.

Mientras tanto, Kristian apoyó las manos en el borde y se elevó, usando sólo la fuerza de los hombros, los bíceps y los tríceps. Era mucho más fuerte que lo que dejaba entrever, y estaba mucho más capacitado para cuidar de sí mismo que lo que ella había creído.

No necesitaba que nadie lo empujara.

Probablemente, no necesitaba que nadie cuidara de él.

No pudo apartar la vista de su espalda musculosa, cintura estrecha y glúteos compactos. Tenía un cuerpo de unas proporciones casi perfectas, cada músculo trabajado y tonificado. No parecía un paciente. Era un hombre increíblemente físico y viril.

En cuanto sus muslos quedaron libres de agua, realizó un giro rápido y se sentó. Pano le pasó una toalla por los hombros y depositó otra sobre su regazo, pero no antes de que Elizabeth hubiera visto tanto de su parte frontal como de la posterior.

Y era mucho más impresionante. El pecho amplio estaba dividido en dos planos duros y el estómago era liso y carente de un gramo de grasa...

El...

No debería estar mirándole el regazo, pero también ahí era muy, muy grande.

Sintió que la sangre subía a sus mejillas y luchó contra la timidez, la vergüenza y el interés.

Tenía un cuerpo tan hermoso y su tamaño, ese símbolo de masculinidad... Ridículamente impresionante. Y no era una mujer a la que se impresionara con facilidad.

No le extrañó que Kristian se sintiera tan cómodo desnudo. Incluso después de un año en una silla de ruedas, seguía siendo un hombre en cada milímetro de su cuerpo.

–Creía que teníamos un trato –murmuró él, pasándose la toalla por el pelo y luego por el pecho.

–Lo teníamos. Lo tenemos –ruborizándose, se puso de pie y volvió a estrujar la falda mojada–. Quizá debería ir a ponerme ropa seca.

–Una buena idea –dijo Kristian, sonriendo, consciente de que ella había estado fascinada con su anatomía–. No querría que te enfriaras.

–No –se agitó al observar su belleza griega a pesar de la violenta cicatriz–. Nos vemos en la cena, entonces –«verme en la cena». No podía verla, desde luego, y el corazón le dio otro vuelco peculiar–. ¿Quedamos para cenar?

–Creía que iba a tomar todas mis comidas contigo –repuso con indolencia–. Por eso de que tenías que volver a convertirme en un hombre sociable y cívico.

El corazón le palpitaba a un kilómetro por minuto.

–Cierto –forzó una sonrisa–. Pues nos vemos luego... entonces.

Huyó hacia el santuario de su habitación, sin dejar de reprenderse en todo el trayecto. «No te involucres, no hagas que sea personal, sin importar lo que hagas, que no sea personal».

Pero al llegar al dormitorio de la torre y quitarse la ropa mojada, tuvo ganas de gritar.

Ya se había involucrado.

Capítulo 6

EN EL jardín, mientras Kristian se esforzaba en llegar de vuelta a la villa, el agua chorreaba de su silla y el cojín se hundía por estar empapado. Por fortuna, ya casi había terminado con la silla.

Caer en la piscina había sido útil. Odiaba lo desvalido que se había sentido. Sin embargo, la inesperada caída había tenido resultados inesperados.

Para empezar, Elizabeth había bajado parte de su frágil guardia, y había descubierto que era mucho menos fría que lo que había imaginado. En muchos sentidos, era bastante amable.

Otra lección había sido regresar a la silla de ruedas mojada. Había comprendido que ésta había cumplido su función. Ya no la quería más... no quería estar confinado. Anhelaba libertad, y supo que por primera vez desde su accidente, estaba realmente preparado para la terapia que fuera necesaria para que le permitiera caminar y correr otra vez.

Goteando, rodó con cautela de la hierba al patio, y desde allí al ala donde se hallaba su habitación.

–¿Cómo terminó en la piscina, *kyrie*? –preguntó el leal Pano, siguiéndolo.

Kristian se encogió de hombros y se quitó la toalla del cuello.

–La señorita Hatchet me empujaba hacia la sombra y calculó mal la distancia que había hasta el borde de la piscina.

–¿*Despinis* lo empujó a la piscina? –exclamó el mayordomo horrorizado.

–Fue un accidente.

–¿Cómo pudo suceder algo así? –musitó Pano mientras abría cajones de la cómoda para sacar ropa seca para su señor–. Sabía que no era una enfermera adecuada... sabía que no podría hacer el trabajo. Lo *sabía*.

Kristian contuvo una sonrisa.

–¿Y por qué no es una enfermera adecuada?

–Si usted pudiera ver...

–Pero no puedo. Así que debes decírmelo.

–Primero, no se comporta como una enfermera, y segundo, no *parece* una enfermera.

–¿Por qué no? ¿Es demasiado vieja, pesada, qué?

–*Ohi* –gimió el otro–. No. No es demasiado vieja, ni demasiado gorda, ni nada por el estilo. Es lo opuesto. Es demasiado pequeña. Es delicada. Como un pajarito en una jaula diminuta. Y si quiere un pajarito pequeño y rubio como enfermera, perfecto. Pero si necesita una mujer grande y robusta que lo levante y lo lleve... –suspiró–. Entonces, *despinis* Elizabeth no es para usted.

«De modo que es rubia», pensó cuando Pano lo dejó para que se vistiera.

Y Elizabeth Hatchet no era ni mayor ni fea. De hecho, era de estructura ósea fina, esbelta.

Intentó imaginar a esa enfermera que hacía años que no practicaba su profesión, que proclamaba que Cosima era amable y que de niña se había quedado en hoteles con una niñera cuidándola.

Pero era imposible visualizarla, ya que habría apostado mil euros a que era morena.

Pero, ¿no era típico de ella estar llena de sorpresas?

Al tratar de formar una nueva impresión de ella, se preguntó cuántos años tendría, cuánto mediría, al igual que la tonalidad que tendría su pelo. ¿Sería de un rubio dorado, con vetas de cálido ámbar y miel?

Pero no era sólo su edad o su aspecto lo que lo intrigaba. También su historia, la niña de seis años que había sido una atrevida nadadora que en ese momento sólo se metía donde hacía pie, al igual que la desoladora imagen de una niña atrapada en el poderoso drenaje de aquella piscina.

En su dormitorio, después de pasar unas cuantas horas agradables dedicada a leer y a un necesitado reposo, Elizabeth se vestía para la cena.

Había crecido en hoteles de cinco estrellas de todo el mundo, y sufría un leve ataque de pánico porque no podía decidirse por lo que ponerse para una cena en un viejo monasterio.

Fue sacando cosas de su guardarropa y de la misma manera las fue descartando. Al final vio una falda gris a cuadros. Suspiró, pensando que era demasiado seria y práctica.

Pero, se preguntó si no tenía que ser así.

Con severidad, se recordó que no estaba de vacaciones. Sacó la falda y la acompañó con una blusa de seda de color gris marengo. Vistiéndose, frunció el ceño al ver su reflejo en el espejo. No le gustó mucho.

Pero, ¿por qué le importaba lo que llevaba?

Y fue en ese momento cuando experimentó un cosquilleo en el estómago... de preocupación, de culpa.

Se comportaba como si se vistiera para una cita en vez de una cena con un paciente. Y eso estaba mal.

Estaba en el monasterio por cuestión de trabajo. De medicina.

Pero, al recordar la sonrisa de Kristian junto a la piscina, sintió que el cosquilleo renacía.

Estaba nerviosa.

Y entusiasmada.

Y las dos emociones estaban fuera de lugar. Kristian se hallaba a su cuidado. La amiga de él la había contratado para recuperarlo. Sería profesionalmente, por no decir moralmente, erróneo pensar en él en algo que no fuera un paciente.

«Un paciente», se recordó.

Pero las mariposas no se marcharon de su estómago.

Con un movimiento rápido e impaciente de la muñeca, se cepilló el pelo. Kristian no podría ser una opción aunque estuviera solo y no fuera su paciente. Era ridículo tener fantasías románticas con él o idealizarlo. Ya había estado casada con un griego y había sido un desastre desde el principio. El matrimonio había durado dos años, pero la había dejado marcada casi durante siete.

–Basta de magnates griegos –murmuró–. Basta de hombres que te quieran por los motivos equivocados.

Además, el matrimonio con un griego le había enseñado que los hombres mediterráneos preferían mujeres bellas con pechos y caderas y figuras como relojes de arena, atributos que ella, con su esbeltez y caderas estrechas, jamás tendría.

Con el cabello suelto como una cascada dorada, fue a la biblioteca, ya que no sabía dónde cenarían, puesto que el comedor había sido convertido en una sala de mantenimiento físico.

«Sé amable, cordial, solidaria y útil», se dijo. «Pero tu participación sólo llega hasta ahí».

Kristian entró poco después que ella. Llevaba unos

pantalones oscuros y una camisa blanca de algodón. Con el pelo echado hacia atrás, sus ojos azules parecían aún más deslumbrantes.

No se lo veía muy contento.

–¿Sucede algo? –preguntó, aún en la entrada, ya que no había sabido qué hacer, pues se trataba del refugio de Kristian.

–Ahora que quiero caminar, no deseo emplear la silla de ruedas.

–Pero todavía no la puedes dejar. Aunque apuesto que lo intentaste –conjeturó con tono de simpatía.

–Imagino que pensé que, ya que me había puesto de pie, también podría caminar.

–Y lo harás. Requerirá cierto tiempo, pero, teniendo en cuenta tu determinación, no será tanto como piensas.

Pano apareció en la puerta para indicarles que la cena estaba lista. Lo siguieron un breve trayecto por el pasillo hasta una sala espaciosa de techo alto pintado con escenas del Nuevo Testamento.

Una impactante alfombra roja cubría el suelo, y en el centro había una mesa preparada para dos. Unas velas gordas y blancas titilaban sobre el mantel y en candelabros en la pared, y los platos eran de un azul cobalto.

–Es un entorno precioso –comentó ella, sintiéndose súbitamente tonta con su falda y blusa grises. Debería llevar algo holgado y exótico–. Los colores y el arte son espectaculares. Es el techo original, ¿verdad?

–Hice que lo mantuvieran. Aunque no puedo ver lo que hay a mi alrededor... las viejas paredes de piedra, los techos con vigas vistas y abovedados, lo siento.

–Eso está bien –repuso con un nudo en el corazón. Comprendía por qué amaba su monasterio restaurado.

Aunque estaba tan remoto, que le preocupaba que no tuviera suficiente contacto con el mundo exterior. Necesitaba estímulos, interacción. Necesitaba... una vida.

Pero, al sentarse a la mesa frente a Kristian, se recordó que aún estaba sanando. El año anterior había perdido a su hermano, a su primo y a numerosos amigos. Sin contar las innumerables lesiones físicas que él mismo había padecido.

A veces, al pensar en ello, la dejaba sin aliento analizar todo lo que había perdido en un solo día.

El ama de llaves sirvió la cena.

Con cautela y precisión, él mismo sirvió el vino para los dos antes de encontrar un espacio vacío en la mesa para dejar la botella.

Casi de inmediato les sirvieron el segundo plato y Kristian se mostró atento durante la cena, haciéndole preguntas sobre su trabajo, sus viajes, su conocimiento del griego.

–Hace años, pasé bastante tiempo en Grecia –respondió, soslayando cualquier mención de su matrimonio.

–¿La estudiante universitaria de vacaciones? –adivino él.

–A todo el mundo le gusta Grecia.

–¿Qué es lo que más te gusta a ti? –insistió él.

Tuvo una docena de respuestas. El agua. La gente. El clima. La comida. Las playas. El calor. Pero Grecia también había creado dolor. Tanta gente le había dado la espalda durante el divorcio. Amigos, amigos íntimos, la habían abandonado de la noche a la mañana.

Parpadeó para contener las lágrimas que querían formarse. Se dijo que hacía mucho tiempo de eso. Siete años. Se dijo que no todo el mundo tenía por qué ser tan superficial.

–¿No tienes respuesta? –instó él.

–Lo que pasa es que me gusta todo –sonrió para desterrar la tristeza–. ¿Y a ti? ¿Qué es lo que más te gusta de tu propio país?

Pensó un momento antes de alzar su copa de vino.

–La gente. Y su entusiasmo vital.

Brindó con él y bebió otro sorbo.

–Este vino es delicioso –alabó.

–Sí. Es de una de mis bodegas preferidas, de esta zona, y la uva es *ayroyitiko*, nativa del Peloponeso.

–No sabía que por aquí hubiera viñedos.

–Los hay por toda Grecia, aunque los vinos griegos más famosos son de Samos y Creta.

–De ahí vienen los vinos blancos, ¿verdad?

–El vino de Samos lo es, y la uva más popular es la *moshato*. A muchos esnobs les gusta el vino de allí.

Rió entre dientes. Nico, su ex marido, era un esnob del vino. Iría a un restaurante, pediría una botella escandalosamente cara, y si no la consideraba a la altura, con gesto imperioso ordenaría que se la llevaran. Recordaba ocasiones en las que creyó que al vino no le pasaba nada, que sólo era Nico en su afán por parecer poderoso.

–¿A ti te gusta el vino blanco? –preguntó él.

–No, no especialmente. Es que tenía... amigos... que preferían el vino blanco griego al tinto, así que soy ignorante respecto de las diversas cepas de vino tinto.

Kristian apoyó los antebrazos en la mesa.

–¿Un amigo? –exhibió una expresión perceptiva.

–Sí –confirmó con cautela.

–¿Y griego?

–Y griego.

Él rió suavemente, aunque el sonido transmitió tensión, un atisbo de que no todo estaba bien.

–Los hombres griegos son sexuales además de posesivos. Imagino que tu amigo griego quería de ti más que una simple amistad.

Ella se ruborizó.

–Fue hace mucho tiempo.

–¿Terminó mal?

–No lo sé –tragó saliva y se preguntó por qué protegía a Nico–. Sí –corrigió–. Terminó mal.

–¿Eso te ha predispuesto mal hacia los hombres griegos?

–No –aunque sonó insegura.

–¿Contra mí?

Se ruborizó de nuevo y rió.

–Tal vez.

–De modo que ésa es la causa de que me enviarás al escuadrón de enfermeras guerreras.

Elizabeth rió otra vez. Kristian la divertía. Y la intrigaba. Y si no fuera su paciente, incluso reconocería que lo encontraba muy, muy atractivo.

–¿Me estás diciendo que no te las merecías?

–Te estoy diciendo que no soy como los otros hombres griegos.

Contuvo el aliento y abrió mucho los ojos. De algún modo, con esas palabras él lo había cambiado todo... la atmósfera, la noche, la misma cena. Había cargado la habitación con una electricidad casi insoportable, una tensión ardiente que la hacía intensamente consciente de él.

–No puedes juzgar todos los vinos en base a un vinatero o una botella. Y no puedes juzgar a todos los hombres griegos sólo por un recuerdo desdichado.

Quiso buscar temas más seguros.

–¿Qué tipo de vino te gusta a ti?

–Todo radica en las preferencias personales –hizo

una breve pausa–. Me gustan muchos vinos. En mi bodega tengo botellas de menos de diez euros que considero infinitamente superiores a botellas de unos ochenta euros.

–¿O sea que no es el dinero?

–Demasiadas personas se ciñen a las etiquetas y los nombres, y esperan impresionarse con su capacidad de gastar o su conocimiento.

–¿Hablamos de vino? –murmuró ella.

–¿Lo dudas? –replicó, ladeando la cabeza.

Se mordió el labio inferior y anheló tener algo que le enfriara las mejillas encendidas. Algo que le apartara la mente del formidable atractivo físico de Kristian.

Y allí sentada, pensó que alguien como Calista, joven e impresionable, podría estar atraída por Kristian. Pero, ¿amenazarlo? ¿Intentar chantajearlo? Imposible. Incluso ciego, era demasiado fuerte y abrumador. Calista era una necia.

La risita que emitió se convirtió en una risa plena.

–¿En qué pensaba Calista? ¿Cómo alguien como ella puede pensar que tendrá éxito en chantajear a alguien como *tú*?

Kristian la oyó reír. Hacía demasiado tiempo que no oía una risa semejante, tan abierta, cálida y real. En un solo día, Elizabeth le había hecho comprender lo mucho que había estado perdiéndose de la vida.

Al principio, le había irritado su actitud mandona, pero había funcionado. Había comprendido que no quería o necesitaba que otra persona le diera órdenes. No había ningún motivo para que no pudiera motivarse a sí mismo.

Aunque aún desconfiaba del deseo que impulsaba a Cosima para querer que él caminara y regresara a Atenas, también le agradecía la interferencia. Había llevado a Elizabeth allí, quien había resultado ser la persona adecuada en el momento adecuado.

Necesitaba a alguien como ella.

Quizá la necesitara a *ella*.

Jamás había sido conocido por su sensibilidad. Pero no era porque no tuviera sentimientos, sino porque le costaba expresarlos.

–Te has quedado muy callado –comentó ella cuando Atta comenzó a recoger los platos.

–Sólo estoy relajado –y era verdad. Hacía mucho que no se sentía de esa manera. Meses y meses desde la última vez que se sintiera tan en paz. Había olvidado lo que era compartir una comida con alguien, lo deliciosa que podía ser con una buena conversación, un buen vino y algo de risa.

–Me alegro.

La cálida sinceridad en la voz de ella le llegó hasta el fondo de su ser. Desde el principio, cuando había insistido en llamarlo señor Koumantaros cada vez que hablaba, le había gustado su voz.

También le gustaba el perfume que llevaba. Y su andar... firme, preciso, seguro.

Su sonrisa titubeó un poco a medida que el silencio se extendía. Deseó poder verla. De pronto se preguntó si se sentiría aburrida. Quizá quería escapar, regresar a su cuarto. Había declinado tomar café.

A medida que pasaban los segundos, la tensión de Kristian fue en aumento.

Oyó el sonido de la silla de ella al apartarse de la mesa. Se marchaba.

Apretó los dientes y se afanó por levantarse. Era la segunda vez en un día y requirió mucho esfuerzo, pero ella estaba a punto de marcharse y quería decirle algo... pedirle que se uniera a él en la biblioteca. Era muy posible que Elizabeth estuviera cansada, pero para él las noches eran largas, a veces interminables. Ya no había diferencia entre noche y día.

Se puso de pie, agarrado a los bordes de la mesa.

–¿Estás cansada? –preguntó. No había pretendido sonar tan brusco. Lo achacó a la incertidumbre y a la incapacidad de interpretar el estado de ánimo de ella.

–Un poco –confesó ella.

Kristian inclinó la cabeza.

–Buenas noches, entonces.

Ella titubeó, y él se preguntó en qué estaría pensando. Eso era lo terrible de no poder ver. No podía leer las expresiones de las personas como solía hacer, algo que había sido su don. No era una persona verbalmente expresiva, pero siempre había sido intuitivo. Sin embargo, ya no confiaba en su intuición ni en su instinto. No sabía cómo fiarse de ellos sin los ojos.

–Buenas noches –musitó Elizabeth.

Asintió, rezando para que no pudiera ver su decepción.

Tras unos momentos más de vacilación, oyó sus pasos al alejarse.

Lentamente, se sentó en la silla de ruedas y algo se rompió en él. Un segundo después, sintió una lanza de increíble dolor.

¿Cómo había llegado a estar tan solo?

Apretó los dientes.

Echaba de menos a Andreas. Había sido el último integrante de su familia. Sus padres habían muerto unos años antes, casi uno detrás del otro, y esas muertes habían hecho que su hermano y él, ya íntimos, se unieran aún más.

Debería haber salvado primero a Andreas. Debería haber ido en socorro de su hermano primero.

Si pudiera dar marcha atrás. Si pudiera deshacer su decisión.

Despacio, se apartó de la mesa y más despacio todavía avanzó por el pasillo hacia la biblioteca... la habitación en la que pasaba casi todas sus horas de vigilia.

Una vez en la biblioteca, dejó de mover la silla y permaneció cerca de la mesa. No quería la radio ni escuchar un audiolibro. Sólo quería volver a ser él mismo. Echaba de menos quién era. Odiaba en lo que se había convertido.

—¿Kristian? —dijo Elizabeth con timidez.

Se sentó más erguido.

—¿Sí?

—Está oscuro. ¿Te importa si enciendo la luz?

—No. Por favor. Lo siento. No sé...

—Claro que no lo sabes.

Oyó sus pasos al cruzar hacia la pared, el interruptor y luego cómo se acercaba.

—Realmente, no tengo tanto sueño, y me preguntaba si tendrías algo que te pudiera leer. El periódico, correspondencia. Quizá un libro que te apetezca.

Kristian sintió que parte de la tensión y la oscuridad retrocedían.

—Sí —suspiró agradecido—. Estoy seguro de que lo hay.

Capítulo 7

ESA noche inició un patrón que continuarían durante las siguientes dos semanas. Durante el día, Kristian se desempeñaría en un régimen de ejercicios físicos y por la noche ambos compartirían una agradable cena, seguida de una o dos horas en la biblioteca, donde ella le leería un libro, el periódico o una revista económica de su elección.

El progreso de Kristian la dejaba atónita.

El entrenador físico que él había contratado había llegado dos días después que Elizabeth. Kristian había encontrado a Pirro en Esparta y éste había aceptado ir a trabajar con él durante las siguientes cuatro semanas, siempre y cuando pudiera regresar a Esparta los fines de semana para estar con su esposa e hijos.

Preparador del equipo olímpico griego, Pirro había ayudado a rehabilitar y entrenar a algunos de los atletas de elite del mundo, y trataba a Kristian como si fuera uno de ellos.

Los primeros días, hizo muchos estiramientos y potenciación de fuerza. Al final de la primera semana, aumentó la distancia que nadaba en la piscina y añadió pesos libres a su tabla. Al final de la segunda semana, había pasado a aparatos cardiovasculares, alternando caminar con carreras cortas.

Desde el principio, Elizabeth había sabido que

Kristian volvería a ponerse de pie. Pero no había esperado que lo hiciera en tan sólo quince días.

En ese tiempo había demostrado ser mucho más heroico que lo que él mismo imaginaba.

No tardaría en regresar a Atenas. A la mujer y a la vida que lo esperaban allí. Con el tiempo se casaría con Cosima, a la que al parecer conocía de toda la vida, y con suerte tendría hijos y una vida larga y feliz.

Pero pensar en su regreso a Atenas le dejaba el corazón en un puño. Y la sensación empeoraba al imaginar que se casaba con Cosima.

Con un nudo en la garganta se recordó que ésa era la razón de su presencia allí. Había ido a preparar a Kristian para la vida que había dejado atrás.

Y podía ver que él ya estaba listo para volver.

Las lágrimas quisieron asomarse a sus ojos.

Kristian, el magnate griego, también le había hecho eso. No había esperado sentir eso por él, pero la había asombrado e impresionado, le había tocado el corazón con su valor, su sensibilidad, al igual que con esos raros atisbos de incertidumbre. Le hacía sentir tantas emociones. Pero, por encima de todo, la hacía sentir tierna, buena, esperanzada, nueva. *Nueva*.

Mientras paseaba por los jardines, se preguntó cuándo encontraría el valor para marcharse.

Tenía que irse. Ya se había apegado demasiado a él.

Se llevó una mano al pecho y trató de detener el torrente de dolor que surgió al pensar en marcharse.

«No pienses en ti misma», se recordó. «Piensa en él. En sus necesidades y en lo asombroso que es que pueda hacer tanto otra vez. Piensa en su dinamismo, en su determinación, en su capacidad para vivir pronto con independencia».

Y, pensando de esa manera, sintió que parte de su tristeza se evaporaba.

En las últimas semanas, Kristian se había relajado y sentido más cómodo en su propia piel, y cuanto más cómodo se sentía, más poderosa se tornaba su presencia física.

Siempre había sabido que era alto, más de un metro ochenta y cinco, pero jamás había sentido el impacto de su altura hasta que comenzó a caminar ayudado por un bastón. En vez de hacerlo de forma vacilante, caminaba con la seguridad de un hombre que conocía su mundo y pretendía volver a dominarlo.

Deteniéndose ante una de las paredes de piedra que daban al valle de abajo, aspiró la fragancia de pino y limón y clavó la vista en la distancia.

Más allá de la extensión agrícola, estaba el mar, con lo que sin duda eran más playas hermosas y bahías pintorescas. Aunque jamás había planeado regresar a Grecia, ya allí, tenía ganas de pasar un día en la playa. No había nada como disfrutar del hermoso sol y mar griegos.

–¿Elizabeth?

Al oír su nombre, se volvió y vio a Kristian dirigirse hacia ella, cruzando los jardines ayudado por su bastón. Llevaba un paso vigoroso, casi agresivo.

–Estoy aquí –llamó–. Ante el muro que da al valle.

No tardó mucho en llegar a su lado. Aún llevaba la camiseta y los pantalones grises de chándal con los que se había ejercitado. El pelo oscuro le caía sobre la frente y su piel irradiaba un brillo sano. No reflejaba ninguna señal de agotamiento. Simplemente, parecía en forma, relajado, incluso feliz.

–Tenemos el fin de semana libre.

–¿Has hecho planes? –preguntó, bromeando, ya

que sabía muy bien que su rutina apenas variaba. Estaba seguro haciendo cosas que conocía, recorriendo senderos con los que se había familiarizado.

–Espero con ganas la cena –admitió él.

–Vaya. Eso suena estimulante.

Él sonrió levemente.

–¿Te estás burlando de mí?

–¿Yo? No. Jamás. Eres Kristian Koumantaros, uno de los hombres más poderosos de Grecia, ¿cómo podría pasarme por la cabeza burlarme de ti?

–Lo harías –dijo, sonriendo más–. Lo haces.

–Señor Koumantaros, tiene que estar pensando en otra persona.

–Mmmm.

–No soy más que una simple enfermera, completamente entregada a su bienestar.

–¿Sí?

–Por supuesto. ¿Aún no te he convencido de eso? –había tenido intención de continuar en la vena juguetona, pero en esa ocasión las palabras salieron de forma diferente, y su voz la delató, revelando un temblor de emoción que no deseaba que él percibiera.

En vez de responder, él alargó la mano y le tocó el rostro. El contacto inesperado la aturdió y retrocedió, pero los dedos la siguieron y despacio Kristian deslizó la palma de la mano por su mejilla.

El calor de la mano hizo que la cara le ardiera. Tembló por la explosión de calor en su interior al tiempo que su piel se sentía viva con fragmentos de hielo y fuego.

–Kristian –protestó con voz ronca, mientras la recorrían más calor y necesidad. Algo peligrosamente parecido al deseo.

Supo que si reconocía la atracción su control se fragmentaría.

Y no podía permitir que sucediera algo así.

–No –susurró, intentando apartar la mejilla a la vez que anhelaba pegar la cara contra la mano para sentir ese placer agridulce.

Le gustaba.

Le gustaba mucho. Demasiado. Y al mirar su cara, cerró la mano, luchando contra la poderosa tentación de acariciarle el hermoso rostro marcado.

Comenzó a hablar para tratar de ocultar la súbita incomodidad entre ellos.

–Estas últimas dos semanas has realizado unos progresos enormes... No tienes idea de lo orgullosa que estoy de ti, de lo mucho que te admiro.

–Suena sospechosamente a un discurso de despedida.

–No lo es, pero sí tendré que marcharme pronto. Prácticamente ya eres independiente, y no tardarás en regresar a tu vida en Atenas.

–No me gusta Atenas.

–Pero tu trabajo...

–Puedo hacerlo desde aquí.

–Pero tu familia...

–Muerta.

Sintió que entre ellos crecía la tensión.

–Tus amigos –afirmó con serenidad–. Y sí los tienes, Kristian. Hay muchas personas que te echan de menos y que quieren que vuelvas a donde perteneces –principalmente, Cosima.

Él giró la cabeza, alto y silencioso. Frunció el ceño y apretó los labios. Luego, lentamente, la miró otra vez.

–¿Cuándo?

–¿Cuándo qué?

–¿Cuándo piensas irte?

Se encogió de hombros con gesto incómodo.

–Pronto –respiró hondo–. Antes de lo esperado.

–¿Tan pronto? –ella asintió–. ¿Por qué? –quiso saber.

–Es el trabajo. Tengo un problema en París y mi directora de casos está harta, amenazando con dejar el trabajo. No puedo permitirme el lujo de perderla. Necesito ir a tratar de solucionar las cosas.

–Entonces, ¿cuándo planeas marcharte?

Titubeó.

–Pensaba en el lunes –volvió a sentir el nudo en la garganta, lo que casi le imposibilitó respirar–. Después de que regrese Pirro.

Kristian mantuvo un extraño silencio.

–Ya me he puesto en contacto con Cosima –continuó Elizabeth–. Le he dicho que he hecho todo lo que estaba a mi alcance y que no estaría bien seguir aceptando su dinero –no le explicó que ya había dado orden a su oficina de Londres de devolver la paga recibida, ya que el trabajo lo había realizado Kristian, no ella. Era el milagro de él.

–Apenas faltan unos días –comentó él con voz dura, más distante.

–Lo sé. Es súbito –respiró hondo y sintió un profundo aguijonazo de pesar–. Sabes que no me necesitas, Kristian. Yo sólo me interpongo en tu camino...

–*No.*

–Sí. Pero debes saber que me tienes atónita. Dijiste que ibas a caminar en dos semanas, y yo que no. Dije que necesitarías un andador y tú que no –rió, recordando aquellos primeros y abrumadores días–. Me has convertido en una creyente.

Pasado un rato, él movió la cabeza.

—Ojalá pudiera convertirte en una creyente –musitó de forma casi inaudible.

—Aún quedan tres días para el lunes –proyectó una nota de falsa alegría en su voz–. ¿Tenemos que pensar hoy en el lunes? ¿No podemos pensar en otra cosa?

La mandíbula de Kristian se tensó, y luego se relajó. Rió a regañadientes.

Elizabeth sonrió. Momentos atrás, se había sentido desanimada, pero en ese momento experimentaba consuelo y ánimo.

Le encantaba la compañía de Kristian. Era así de simple. Era un hombre inteligente y sofisticado, atractivo y divertido. Y en cuanto había decidido regresar a la tierra de los vivos, lo había hecho con absoluta determinación y ahínco.

En la última semana, había tratado de atemperar su felicidad con recordatorios de que él no tardaría en regresar a Atenas, y a un matrimonio con Cosima, pero eso no había impedido que su corazón le diera un vuelco cada vez que oía su voz o lo veía entrar en una habitación.

—No estoy seguro de la hora exacta –dijo Kristian–, pero imagino que es cerca de las cinco.

Elizabeth miró su reloj plateado.

—Son las cinco y diez.

—He hecho planes para la cena. Eso significa que hay que vestirse ahora. ¿Podrás estar lista para las seis?

—¿Es para cenar aquí?

—No.

—¿Vamos a salir? –miró incrédula el valle de abajo y el empinado descenso. No podía imaginarse a Kristian dando tumbos en el lomo de una mula o en un carro tirado por un burro.

La expresión de él no cambió.

–¿Representa eso un problema?

–No –pero, se preguntó adónde podían ir a cenar. Tardarían horas en bajar de la montaña y oscurecería pronto. Aunque quizá Kristian no había pensado en eso, estando su mundo siempre en la oscuridad.

Él percibió la vacilación en Elizabeth y se puso rígido. Lo crispaba no poder verla e interpretarla, en especial en ocasiones como ésa.

¿Por qué no se mostraba entusiasmada con la cena? ¿No quería salir con él? ¿O le molestaba algo?

Si tan sólo pudiera verle la cara, leer su expresión.

Odiaba esa sensación de confusión e impotencia. No era una persona desvalida, pero todo era diferente en ese momento, mucho más difícil que antes.

–Si prefieres no ir... –dijo con voz fría, más distante. No podía culparla por no querer pasar otra velada a solas con él. Podía afirmar que no se parecía al monstruo de Frankenstein, pero la cicatriz en su cara daba la sensación de ser gruesa y en ángulo, como si le hubieran unido la cara para cosérsela luego con un hilo grueso.

–No, Kristian. No es nada de eso –protestó, y le tocó levemente el brazo antes de apartar la mano con rapidez.

Pero ese contacto ligero bastó. Le proporcionó calor. Lo conectó. Hizo que se sintiera real. Y Dios sabía que entre la oscuridad, las pesadillas y el dolor de perder a Andreas, ya no se sentía real ni bueno en muchas ocasiones.

–Me gustaría ir –continuó Elizabeth–. Quiero ir. Lo que pasa es que no sabía qué ponerme. ¿Hay algún código de vestimenta? ¿Informal o elegante? ¿Tú qué te vas a poner?

Presionó el bastón contra el suelo, queriendo tocarla, sentir la suavidad de su mejilla, la textura sedosa que lo hacía pensar en pétalos de rosa, terciopelo y satén. El cuerpo le palpitó y sintió el corazón oprimido.

–No será informal –soltó, y el tono descarnado hizo que se encogiera por dentro. Había desarrollado unas aristas y unas sombras que amenazaban con consumirlo–. Pero deberías vestirte para estar cómoda. Podría ser una noche prolongada.

En el dormitorio, prácticamente flotó.

Iban a salir, y podría terminar siendo una noche larga. Se preguntó adónde irían.

Se sintió embriagada mientras se bañaba y se secaba. Era ridículo y absurdo sentirse de esa manera... pero no pudo contener el torrente de entusiasmo que la embargó.

Sabiendo que él no iba a vestirse con informalidad, buscó en el armario hasta decidirse por el único vestido que había llevado... uno negro de cóctel con un forro de pálido encaje.

De pie delante del espejo, se secó el pelo y luchó para mantener a raya sus emociones caóticas.

«No eres más que su enfermera», se recordó. «Nada más que eso». Aunque los ojos brillantes y el corazón desbocado no coincidían con dicha afirmación.

En el último instante, se hizo dos trenzas que unió en una elegante figura en forma de ocho, antes de soltarse unos mechones que le enmarcaron el rostro con suavidad.

Después de sacar un ligero chal negro de seda y un

bolso de mano pequeño, se dirigió a la biblioteca del monasterio. Al cruzar los largos pasillos abovedados, oyó un sonido sordo y distante, justo encima y que vibraba a través de toda la mansión. De repente, el sonido murió y volvió a reinar la quietud.

Descubrió que Kristian ya la esperaba en la biblioteca.

Iba enfundado en unos elegantes pantalones negros y una impecable camisa blanca, con zapatos y cinturón a juego. Con el pelo negro peinado y la cara afeitada, pensó que jamás había conocido a un hombre tan atractivo y fuerte.

Fue hacia ella, con el bastón plegado y bajo el brazo. Parecía tan confiado, tan seguro de sí mismo.

–¿Qué te has puesto... aparte de tacones altos? –le preguntó.

–Un vestido –repuso, súbitamente tímida. Nunca antes se había mostrado tímida en presencia de los hombres... nunca se había sentido intimidada por ningún hombre, ni siquiera por su ex marido–. Es de terciopelo negro con algo de encaje en el corpiño. Recuerda a los vestidos de los años veinte.

–Seguro que estás increíble.

Kristian era tanto más que cualquier hombre que hubiera conocido. No era su riqueza ni su sofisticación lo que la impresionaba, ni la habilidad que mostraba en los negocios, que lo había llevado a triplicar la fortuna familiar... ésas no eran cualidades que respetara, y mucho menos que admirara.

Le gustaban cosas diferentes... sencillas. Como el modo en que su voz transmitía tanto y la atención que ponía cuando la escuchaba. Su precisa elección de palabras indicaba que prestaba atención prácticamente a todo.

–No tan increíble como tú –respondió.

Él sonrió.

–¿Lista?

–Sí.

Le ofreció el brazo y ella lo aceptó. Su cuerpo era grande, cálido, y los músculos de su brazo compactos y duros. Juntos atravesaron el vestíbulo hacia la entrada, donde Pano se hallaba preparado para abrirles la puerta.

Una vez allí, la miró.

–Tu carruaje te espera –dijo, y con otro paso atravesaron el umbral del monasterio y salieron.

Ante ellos había un helicóptero blanco y plata.

Capítulo 8

UN HELICÓPTERO.
Encima de una de las cumbres de Taygetos.

Parpadeó, movió la cabeza y volvió a mirar, pensando que quizá lo hubiera imaginado. Pero, no, la estructura plateada y blanca centelleaba bajo los últimos rayos del sol.

–Me preguntaba cómo subías y bajabas de la montaña –comentó–. No parecías la clase de hombre que disfruta con los paseos en burro.

La risa profunda de Kristian la recorrió hasta el núcleo mismo de su ser.

–Supongo que podría haber enviado el helicóptero para que te recogiera.

- No, no. Habría detestado perderme horas de traqueteo en un carro de madera.

Él volvió a reír.

–¿Has subido antes a un helicóptero?

–Sí –sus padres tenían acceso a helicópteros en Nueva York. Pero eso formaba parte de la vida acaudalada que había dejado atrás–. Aunque hace tiempo.

El piloto indicó que era seguro que subieran y Elizabeth guió a Kristian hasta la puerta. Una vez a bordo, se abrocharon los cinturones de seguridad. Y no fue hasta después de despegar y elevarse bien cuando ella recordó que las principales heridas de Kristian se habían producido por un accidente de helicóptero y no por la avalancha en sí.

Giró la cabeza y lo miró. Parecía, quizá, un poco más pálido, pero aparte de eso, no dio indicios de que algo estuviera mal.

–Resultaste herido en un accidente de helicóptero –comentó, preguntándose si de verdad estaba bien.

–Sí.

Esperó. Pero él no dijo nada más.

–¿No te preocupa verte envuelto en otro ahora?

Él frunció el ceño.

–No. Conozco muy bien a Yanni, el piloto, y siendo yo mismo piloto...

–¿Eres piloto?

Asintió despacio.

–Pilotaba en el momento del accidente.

«Ah».

–¿Y los otros? –susurró.

–Se hallaban en diferentes lugares y fases de recuperación –expuso.

Ella esperó, y al final Kristian suspiró e irguió los hombros.

–Uno había logrado descender en esquí por la montaña hasta llegar a una patrulla de un nivel inferior. Cosima... –calló y respiró hondo–. Cosima y el guía habían sido rescatados. Dos seguían enterrados bajo la nieve y los demás... fueron localizados pero ya estaban muertos.

Los detalles seguían siendo vagos y su dificultad en contar los acontecimientos era tan evidente, que no pudo preguntarle nada más. Pero había cosas que aún quería saber. ¿Regresaba en busca de su hermano cuando sufrió el accidente? ¿Y cómo había logrado localizar a Cosima tan rápidamente y no a Andreas?

Pensó en las palabras de Cosima: «Debe ser normal, como era antes, o nadie volverá a respetarlo».

¿Qué sentiría Cosima si Kristian no recuperaba la vista?

¿Seguiría amándolo? ¿Se quedaría con él? ¿Lo respetaría?

Atribulada, se arrebujó en el chal y miró por la ventanilla del helicóptero mientras sobrevolaban la península del Peloponeso. Era un recorrido deslumbrante a la puesta del sol.

–Ya casi hemos llegado –dijo Kristian de repente, tocándole levemente la rodilla.

Ella sintió que el corazón le daba un vuelco, contuvo el aliento y bajó la vista a la rodilla, que aún sentía el calor de sus dedos a pesar de que la mano ya no estaba allí.

Quería que volviera a tocarla. Quería sentir la mano deslizarse por el interior de su rodilla, subir por el interior de su muslo. Y quizá fuera imposible, pero eso no hacía que el deseo fuera menos real.

Piel contra piel. Un contacto que era cálido y concreto, en vez de todos esos pensamientos silenciosos y emociones intensas que cada vez costaba más controlar, porque no podía reconocerlos ni actuar en consonancia con ellos. Tenía que fingir que no se estaba enamorando perdidamente.

Y era una tortura. Una locura.

Se sintió como una pequeña caracola atrapada en una enorme marea. No podía pararla, ni controlarla; sólo sentirla.

Con igual sensación, el helicóptero descendió.

Cuando el piloto abrió la puerta y los ayudó a bajar, vio los faros de un coche delante de ellos. El chófer bajó y les abrió la puerta.

Mientras Elizabeth se deslizaba sobre el asiento de piel, Kristian la siguió y se sentó cerca de ella.

–¿Dónde estamos? –preguntó, sintiendo la presión del muslo de Kristian contra el suyo mientras el conductor arrancaba.

–En Kithira. Es una isla al pie del Peloponeso –añadió–. Hace años, antes de que el Canal de Corinto se construyera a fines del siglo XIX, la isla era próspera debido a todo el tráfico marítimo que tenía. Pero después de la construcción del canal, la población del lugar, junto con su fortuna, menguaron.

Mientras el coche recorría caminos tranquilos, las sombras titilaban a través de la ventanilla. Elizabeth no podía apartar la vista del pantalón negro de Kristian contra su pierna.

–Es agradable salir –comentó él cuando el coche comenzó a serpentear por una cuesta–. Me encanta vivir en Taygetos, pero de vez en cuando, me gusta salir a cenar, a disfrutar de una buena comida y no sentirme aislado.

Lo miró en la penumbra.

–¿De modo que te sientes aislado al vivir tan lejos de todo el mundo?

Él se encogió de hombros.

–Soy griego.

Esas dos palabras revelaron mucho más que lo que él pensaba. Los griegos atesoraban a la familia, tenían fuertes vínculos familiares y cada generación era respetada por lo que contribuía. En Grecia, los mayores rara vez vivían solos y el dinero se compartía.

–Por eso Cosima te quiere de vuelta en Atenas –comentó con gentileza–. Allí tienes tu *parea*... tu grupo de amigos –y para los griegos, eso era casi tan importante como la familia. Pero Kristian no habló. Ella no permitió que aplazara el tema de la conversación y le tocó la manga–. Tus amigos te echan de menos.

–Mi *parea* ha desaparecido.

–No...

–Elizabeth –la frenó–. Han desaparecido. Murieron con mi hermano en Francia. Todos los que perecieron, asfixiados en la nieve, eran mis amigos. Pero no sólo amigos. También eran colegas.

Elizabeth cerró los ojos y no supo por qué lo había presionado. ¿Por qué creía saberlo todo? ¿Cómo podía ser tan arrogante de creer que podía darle consejos?

–Lo siento.

–No lo sabías.

–Pero pensé... Cosima dijo...

–¿Cosima? –repitió él con amargura–. Pronto descubrirás que no puedes creer todo lo que ella diga.

El silencio llenó el coche.

–Tal vez deba hablarte de la cena –comentó Kristian al final–. Vamos a una aldea pequeña que parecerá prácticamente ajena al turismo o al tiempo. Justo a las afueras, está uno de mis restaurantes favoritos... un lugar diseñado por un arquitecto griego y su esposa. La comida es sencilla, pero fresca, y la vista incluso es mejor.

–Podrías comer en cualquier parte, pero, ¿escoges un restaurante rústico y remoto?

–Me gustan los lugares tranquilos.

–¿Siempre has sido así o...?

–No es resultado del accidente. Andreas era el extrovertido... a él le encantaban las fiestas y la vida social.

–¿No ibas con él?

–Claro que iba con él. Era mi hermano y mi mejor amigo. Pero me complacía dejar que fuera el centro. Era más divertido estar atrás, observar.

Mientras hablaba, la luna apareció detrás de una nube. De pronto Elizabeth pudo verle las facciones.

Tenía una boca tan maravillosa. Levemente ancha, con labios perfectos.

Besar esos labios...

Sintió un nudo en el estómago, provocado principalmente por el deseo. Se sentía tan atraída por él, que le costaba contener los sentimientos, evitar que se le notara.

Lo que necesitaba era apartarse, poner algo de distancia entre ambos... porque al tenerlo tan cerca, con sus piernas tocándose, se sentía tensa y agudamente consciente de Kristian.

Le miró la mano, apoyada en el muslo, la electricidad que le había causado al rozarle la rodilla.

Esa mano. El cuerpo de él. La piel de ella.

Tragó saliva y el corazón se le desbocó. Cruzó las piernas y luchó contra una descarga de adrenalina. Mientras las cruzaba para el otro lado, se dijo que era ridículo. Tenía que calmarse.

—Pareces inquieta —ladeó la cabeza, escuchando con atención.

Elizabeth juntó las rodillas.

—Supongo que lo estoy. Probablemente, sólo necesite estirar las piernas. Debe de ser por estar tanto tiempo sentada.

—Ya casi hemos llegado.

—No es una queja.

—No pensé que lo fuera. No estás demasiado cansada, ¿verdad? —añadió Kristian.

—No —repuso cuando el coche dio un giro súbito para entrar en un camino estrecho.

—¿Hambrienta?

Emitió un sonido suave y con ansiedad se alisó la falda del vestido sobre las rodillas.

—No. Sí. Podría ser —rió, aunque el sonido pareció aprensivo—. La verdad es que no sé qué me pasa.

Le tomó la mano en la oscuridad, encontrándola con sorprendente facilidad. Se la giró y posó los dedos en la parte interior de su muñeca, comprobándole el pulso. Pasaron varios segundos antes de que sonriera.

–Tienes el corazón disparado.

–Lo sé –susurró, mirándole la mano mientras las luces de un aparcamiento y un restaurante iluminaban el interior del coche. Era el doble que la suya, y su piel, tan bronceada, hacía que la suya pareciera leche.

–¿No estás asustada de mí?

–No.

–¿Pero quizá temes quedarte a solas conmigo?

El corazón le latió más deprisa.

–¿Y por qué iba a ser así?

Con el dedo pulgar le acarició la piel suave antes de soltarle la mano.

–Porque esta noche no eres mi enfermera ni yo tu paciente. Sólo somos dos personas que van a cenar juntas.

–Simplemente, amigos –jadeó, súbitamente temerosa de todo lo que no conocía ni entendía.

–¿Pueden una mujer y un hombre ser simplemente amigos?

Elizabeth sintió un nudo en la garganta.

El chófer paró el coche y rodeó el vehículo para abrirles la puerta. Elizabeth casi bajó de un salto, ansiosa por recuperar el control.

En la entrada del restaurante, los recibieron como si fueran familia. El dueño abrazó a Kristian y le plantó dos besos en las mejillas.

–*Kyrios* Kristian –dijo con voz emocionada–. *Kyrie*. Es estupendo verte.

Kristian le devolvió el abrazo con igual calor.

–Es estupendo estar de vuelta.

–*Parakalo*... venid –y el hombre mayor, el cabello oscuro marcado por unas vetas blancas, los condujo a una mesa tranquila en un rincón, con ventanas por doquier–. Los mejores asientos para vosotros. Sólo lo mejor para ti, hijo mío. Cualquier cosa para ti.

Después de que el dueño se marchara, Elizabeth se volvió hacia Kristian.

–¿Te ha llamado hijo?

–La isla es pequeña. Aquí todo el mundo es como familia.

–¿O sea que lo conoces bien?

–Solía pasar mucho tiempo aquí.

Miró por la ventana y la vista le resultó magnífica. Se hallaban en lo alto de una colina, en lo alto de una pequeña aldea. Y más allá estaba el océano.

La luna reflejaba la espuma blanca del mar, cuyas olas rompían sobre las rocas y la playa.

El propietario regresó y les presentó un regalo... una botella de su vino favorito. Les llenó las copas antes de marcharse y dejar la botella en la mesa.

–*Yiassis* –dijo ella, alzando la copa para brindar con Kristian. «A tu salud».

–*Yiassis* –convino él.

Y entonces cayó el silencio y esa quietud fue negativa.

La atmósfera en la mesa de pronto era diferente.

De repente, Kristian pareció solo, aislado en su mundo.

–¿Qué sucede? –preguntó ella con nerviosismo, temiendo haber dicho algo que lo hubiera atribulado.

Él movió la cabeza.

–¿He hecho algo? –insistió Elizabeth.

–No.

–Kristian –su tono fue de súplica–. Dímelo

Él rió, un sonido áspero y descarnado.

–No sabes cuánto desearía verte.

Por un instante, no supo qué decir o hacer.

–¿Por qué? –murmuró.

–Sólo quiero verte.

Se encendió y el calor permaneció en ella, inundándole las extremidades, haciéndola sentir demasiado sensible.

–¿Por qué? No soy más que otra enfermera tosca.

–No. En absoluto.

La mano de ella tembló al acomodar los cubiertos.

–Eso no lo sabes...

–Sé cómo suenas, y hueles. Sé que apenas me llegas al hombro, incluso con tacones, y sé la sensación que produce tu piel... suave, delicada, como una flor de satén.

–Creo que has vuelto a encontrar tus antiguos analgésicos.

Él clavó sus ciegos ojos azules en ella.

–Y yo creo que te da miedo estar conmigo.

–Te equivocas.

–¿En serio?

–Sí –bebió un sorbo de agua mineral y devolvió la copa a la mesa–. No tengo miedo. ¿Cómo podría tener miedo de ti?

Los labios de él apenas sonrieron.

–No soy agradable, como otros hombres.

Lo miró con los párpados entornados.

–Ni siquiera voy a concederte una respuesta a esa afirmación.

–¿Por qué?

–Porque me estás tendiendo una trampa.

La sorprendió riendo.

–Mi joven inteligente.

Un fuego líquido le recorrió las venas. «Su joven inteligente». En ese momento la estaba torturando. Hacía que deseara ser más que lo que era, que deseara tener más que lo que tenía. No cosas, sino amor.

Su amor.

Pero estaba prometido, prácticamente comprometido. Y ella ya había pasado por un infierno por un hombre que no había sido capaz de mantener su palabra o respetar sus compromisos. Incluidos los votos matrimoniales.

—Kristian, no puedo hacerlo —habría huido de allí si hubiera habido algún sitio al que escapar—. No puedo jugar estos juegos contigo.

Él frunció el ceño y el gesto le resaltó la cicatriz de la mejilla.

—¿Qué juegos?

—Estos... esto... como lo llames. Nosotros —movió la cabeza, costándole expresar las palabras—. Sé lo que dijiste antes, que esta noche no somos paciente y enfermera, sólo un hombre y... una mujer. Pero no es así. Te equivocas. Yo soy tu enfermera. Es lo único que soy, que podré ser.

Él se reclinó en la silla y apoyó un brazo en la mesa, la mano relajada. Su expresión se tornó especulativa.

—¿Y seguirás siendo mi enfermera cuando regreses a Londres en dos días?

—Tres días.

—Dos días.

Elizabeth contuvo el aliento, cerró la mano y, lentamente, soltó el aire.

—Elizabeth, *latrea mou*, no juguemos, como tú dices. ¿Por qué tienes que volver?

—Tengo un negocio que dirigir... y, Kristian, tú también. Tus oficinas y junta directiva están desesperados aguardando tu regreso a Atenas para que retomes las riendas.

–Puedo hacerlo desde Taygetos.

Ella movió la cabeza en gesto impaciente.

–No, no puedes. No correctamente. Hay citas, reuniones, conferencias de prensa...

–Otros pueden hacerlo –cortó con displicencia.

Lo miró y sintió que en su interior crecía la frustración. Nunca antes había sonado tan arrogante.

–Pero tú eres Koumantaros. Tú eres la persona en la que creen los inversores y el único al que quieren conocer tus colegas de negocios. Tú eres esencial para el éxito de Koumantaros Incorporated.

–¿Fue Cosima quien te contó esto?

–No. Por supuesto que no. Además, ésa no es la cuestión. La cuestión es que reanudes tus responsabilidades.

–Elizabeth, aún dirijo la corporación.

–¿Y el liderazgo ausente? –emitió un leve sonido de desdén–. No es eficaz y, francamente, tampoco característico de ti.

–¿Cómo puede una pequeña mujer inglesa tener tantas opiniones de cosas sobre las que sabe tan poco?

–Te conozco mejor de lo que crees –soltó.

–Me refiero al mundo empresarial...

–Soy propietaria de un negocio.

Fue el turno de él de mostrarse desdeñoso.

–Que ya hemos establecido que está mal llevado.

Dolida, lo miró fijamente.

–Eso ha sido poco amable. E innecesario.

Él se encogió de hombros.

–Pero cierto. Tu agencia me proporcionó unos cuidados excepcionalmente pobres. Seducido y luego chantajeado por una enfermera, y humillado por las otras.

Ella dejó la servilleta en la mesa y apartó la silla.

—Quizá tú seas un paciente excepcionalmente pobre.

—¿Es eso posible?

—¿*Posible?* —repitió con voz trémula por la furia y la indignación—. Dios mío, eres incluso más engreído de lo que había pensado. ¿*Posible?* —respiró hondo—. ¿Quieres la verdad? ¿Basta de palabras almibaradas?

—No empieces a censurarte ahora —pidió, con expresión tan aburrida como su voz.

Tuvo ganas de golpearlo.

—La verdad, Kristian... es que *tú* eras imposible. Fuiste el peor paciente en la historia de mi agencia, y cuidamos de cientos de pacientes cada año. Tengo mi empresa desde hace años y jamás he encontrado a alguien tan egoísta y manipulador como tú.

Paró para respirar un momento.

—Y otra cosa... ¿crees que quería dejar mi despacho, hacer a un lado mis obligaciones y correr a tu lado? ¿Crees que venir a Grecia ha representado unas vacaciones para mí? No. Y no. Pero lo hice porque nadie más quería hacerlo, y tú tenías una novia desesperada por verte recobrado.

Con piernas temblorosas, se puso de pie.

—Y hablando de tu novia, es hora de que la llames. Yo he terminado aquí. ¡Ahora es el turno de Cosima de estar a tu lado!

Capítulo 9

SALIÓ del restaurante, pero en cuanto estuvo en el exterior más fresco, la invadió una oleada de vergüenza.

Una ráfaga de viento procedente de la montaña hizo que cruzara los brazos. Se sentía abrumada. Había dejado solo a un hombre que no podía ver. Y lo peor de todo, se había marchado en plena cena. Las comidas eran casi tan sagradas como la familia en Grecia.

Pensó que se estaba desmoronando. Sus sentimientos eran tan intensos, que le resultaba difícil estar con Kristian. Era demasiado emocional y sensible. Ésas eran las causas por las que tenía que marcharse... no porque aún no pudiera ayudarlo en la rehabilitación, sino porque ya no podía controlar sus emociones.

En Londres todo sería diferente.

Allí no tendría que ver a Kristian.

Recuperaría el control.

Sintió un sabor amargo en la boca y movió la cabeza, incapaz de soportar la idea de que en dos días se marcharía y él estaría fuera de su vida.

¿Cómo podía dejarlo?

Pero, ¿cómo podía quedarse?

Mientras tanto, se hallaba en el exterior del restaurante favorito de Kristian mientras él estaba sentado en el interior, solo.

Tenía que regresar. Tenía que disculparse. Tratar de

arreglar la velada antes de que se estropeara por completo.

Respiró hondo, se frotó los brazos y volvió a la mesa donde esperaba Kristian.

Estaba inmóvil, con la cabeza vuelta, pero el perfil le indicó la tensión que controlaba.

Estaba tan alterado como ella.

Con el corazón hundido, Elizabeth se sentó.

–Lo siento –susurró, conteniendo las lágrimas–. Lo siento. No sé qué más decir.

–No es culpa tuya. No te disculpes.

–Todo parece un desastre...

–No eres tú. Soy yo –titubeó, como si tratara de encontrar las palabras adecuadas–. Sabía que necesitarías regresar, pero no había esperado que dijeras que lo harías tan pronto... no esperaba que el anuncio fuera hoy.

Miró su rostro. Era el rostro que amaba. *Amaba*. Y así como al principio la había sorprendido, reconocía que era verdad.

–Kristian, no te dejo a *ti*. Sólo regreso a mi empresa y al trabajo que me está esperando.

Él vaciló largo rato antes de alzar la copa de vino y volver a dejarla sin haber bebido.

–¿No podrías trasladar tu oficina aquí?

–¿Temporalmente?

–Permanentemente.

Ella no lo entendió.

–Yo no soy la responsable de este milagro, Kristian. Has sido tú. Fue tu determinación, tu concentración, tus horas de ejercicio...

–Pero a mí no me importaba ponerme mejor, no me importaba casi nada, hasta que *tú* llegaste.

–Es porque te estás recuperando.

–Entonces, no te marches mientras me recupero.

No te vayas cuando al fin todo parece ser positivo otra vez.

Ella cerró los ojos, y la esperanza y el dolor fueron como un rayo bifurcado.

–Pero si traslado mi oficina aquí, si me quedó aquí para ayudarte...

–¿Sí?

Movió la cabeza.

–¿Qué pasa conmigo? ¿Qué pasará conmigo cuando tú te hayas recuperado? –agradeció que no pudiera ver las lágrimas en sus ojos ni la vehemencia con que tuvo que secárselas para que no las viera nadie más en el restaurante–. Una vez que hayas conseguido lo que sea que necesites de mí, ¿hago las maletas y vuelvo a Londres?

Él guardó silencio, su expresión dura y sombría.

–Kristian, perdóname, pero a veces estar aquí en Grecia es una tortura –juntó las manos en el regazo. También tenía que protegerse a sí misma–. Me gustas, Kristian –susurró–. De verdad me gustas...

–Y tú también me gustas. Mucho.

–No es lo mismo.

–No lo entiendo. No entiendo nada de esto. Yo sólo sé lo que pienso. Y creo que tu lugar está aquí. Conmigo.

Decía las palabras que quería oír, pero no en el contexto que ella las necesitaba. La quería porque le resultaba útil y de ayuda. Sin embargo, la relación que le describía no era de amor, sino de servicio. Quería su compañía porque se beneficiaría de ello. Pero, ¿cómo podía beneficiarse ella si se quedaba?

–Elizabeth, *latrea mou* –añadió con voz profunda–. Te necesito.

Latrea mou. Querida. Fiel.

La voz y las palabras de él anidaron en su corazón. De nuevo las lágrimas asomaron a sus ojos y de nuevo se las secó.

–No me extraña que tuvieras amantes en todos los continentes –comentó–. Sabes exactamente qué les gusta oír a las mujeres.

–Cambias de tema.

–Hago una observación –se secó otra lágrima.

–No es exacta.

–Cosima dijo...

–Esto no funciona, ¿verdad? Vayámonos –se puso de pie con brusquedad e incluso antes de que terminara de erguirse, se acercó el dueño del restaurante–. Lo siento –se disculpó con rigidez, la expresión velada–. Nos vamos a marchar.

–*Kyrie*, todo está listo. Íbamos a llevarnos los platos –juntó las manos y miró a cada uno–. ¿Estás seguro?

Kristian no titubeó.

–Sí –sacó la cartera del bolsillo–. ¿Querrías comunicárselo a mi chófer?

–Sí, *kyrie* Kristian –el otro asintió–. Al menos permite que guarde la comida en recipientes para llevar. Quizá más tarde tengáis apetito y os apetezca comer algo, ¿sí?

–Gracias.

Cinco minutos más tarde, estaban en el coche. Unas gotas gordas de lluvia comenzaron a caer en el parabrisas.

Elizabeth no entendía lo que había pasado en el restaurante. Todo había ido bien hasta que se sentaron a la mesa, y entonces...

Y entonces... ¿qué? ¿Cosima? ¿Su partida? ¿Qué?

Con una sensación de pesar y decepción, se estrujó las manos. La velada había sido un desastre, cuando antes había estado tan entusiasmada.

–¿Qué ha pasado? –preguntó al final, rompiendo el silencio tenso e infeliz–. Todo parecía bien en el helicóptero.

Él no respondió. Giró la cabeza y lo miró.

Estaba sentado erguido, sombrío, lejano, como si viviera en un mundo diferente.

–Kristian –susurró–. Te estás mostrando horrible. No hagas esto. No seas así...

Apretó las mandíbulas y movió las pestañas, pero ésa fue su única reacción. Ella pensó que podría odiarlo en ese momento. Y no sólo en ese momento, sino para siempre.

Que la aislara, que la soslayara, era el peor castigo en que podía pensar. Era tan increíblemente duro de soportar.

–El clima va a ser un problema –dijo él al fin–. No podremos volar. Por desgracia, esta noche no podremos regresar a Taygetos. Nos vamos a quedar en la capital, Chora.

A medida que los limpiaparabrisas seguían su movimiento rítmico, Elizabeth miró por la ventanilla. Estaban cruzando un pequeño pueblo costero. Y en la distancia una enorme fortaleza empequeñecía las casitas de paredes blancas.

Se elevaba sobre la ciudad y por el día sin duda disfrutaría de una asombrosa vista de la costa, pero, al igual que el resto de Chora, en ese momento se hallaba a oscuras.

–¿Has hecho reservas en un hotel? –le preguntó, observando la torre de una iglesia dentro de la miniatura ciudad amurallada.

–No estaremos en un hotel. Nos alojaremos en un hogar particular.

Lo miró.

−¿De amigos?

−No. Es mío −se movió cansado−. Es mi casa. Una de mis casas.

Estaban tan cerca de la fortaleza que podía distinguir las enormes piedras que conformaban el muro.

−¿Falta mucho para llegar a tu casa?

−No lo creo. Pero confieso que no estoy del todo seguro de dónde nos hallamos en este momento.

Por supuesto.

−Nos dirigimos hacia el castillo.

−Entonces, ya casi hemos llegado.

−¿Nos alojaremos cerca del castillo?

−Nos alojaremos en el castillo.

−¿Tu casa es el castillo?

−Es una de mis propiedades.

Ella frunció el ceño.

−¿Cuántas propiedades tienes?

−Unas pocas.

−¿Son todas tan... grandiosas?

−Todas son históricas. Algunas están en ruinas cuando las compro; algunas están en rehabilitación. Pero eso es lo que yo hago. Es una de las compañías de Koumantaros. Compro propiedades históricas y encuentro diferentes maneras de hacerlas rentables.

Elizabeth volvió a centrarse en la estructura a la que se acercaban, con sus muros, torres y torreones.

−¿Qué haces con ellas? −le preguntó.

−Mis contables te dirán que no hago lo suficiente −se mofó−. Que representan un gasto excesivo sobre mis recursos, pero después de comprarlo hace tres años, no pude soportar la idea de convertirlo en unas instalaciones de lujo de cinco estrellas, como estaba planeado.

−¿De modo que te hospedas aquí?

–He reservado un ala para mi uso privado, aunque no vengo desde antes del accidente.

–¿Así que, básicamente, se encuentra vacío?

De pronto el viento aulló y la lluvia sacudió el coche. Kristian sonrió levemente.

–Ahora suenas como mis contables. Pero, respondiendo a tu pregunta, no, no está vacío. He estado trabajando con un arquitecto y diseñador italiano para, lenta y cuidadosamente, convertir las alas y las suites en apartamentos de lujo. Ya hemos alquilado dos suites. El año próximo, espero tener alquilados dos o tres más, y entonces se acabará.

El coche aminoró la marcha y luego se paró mientras se abría un portón de hierro. El conductor bajó y rodeó el vehículo para abrirles la puerta.

–Hemos llegado.

Media docena de empleados uniformados apareció como por arte de magia. Antes de que Elizabeth terminara de comprender qué sucedía, la conducían en una dirección y a Kristian en otra.

Cuando la dejaron en una exquisita suite de habitaciones, se sintió confusa.

La sensación era muy parecida a lo que había sentido de niña siendo la hija única de Rupert Stile, el cuarto hombre más rico de los Estados Unidos, cuando sus padres y ella habían pasado de un suntuoso hotel a otro.

A su madre le había encantado acompañar a su padre en los viajes que hacía, por lo que habían viajado juntos, con la joven heredera y también sus niñeras.

Aunque por ese entonces no era Elizabeth Hatchet, sino Grace Elizabeth Stile, hija del multimillonario hombre de negocios. Había sido una infancia privilegiada.

Cómoda bajo los focos, relajada con los medios de comunicación, al crecer había disfrutado con su puesta de largo, su presentación en sociedad y la interminable ronda de fiestas.

Había sido demasiado poder para una joven de veinte años. Demasiado. Había dispuesto de su propio dinero, de su propio avión y de su propia directora de imagen. Cuando los hombres la invitaban y la agasajaban, y lo habían hecho, las citas habían aparecido en las revistas del corazón.

Momento en que entró el magnate griego, Nico. Siendo joven, no había tenido intención de asentarse tan pronto, pero él la había cautivado, la había encandilado con atención, afecto, regalos tiernos y más cosas. A los seis meses estaban prometidos. Con veintitrés años, había celebrado la boda de cuento de hadas de sus sueños.

Siete meses y medio después de la boda, lo había encontrado en la cama con otra mujer.

Se había quedado con él porque le había suplicado otra oportunidad, le había prometido que recibiría ayuda profesional y jurado que cambiaría. Pero al llegar el primer aniversario ya había vuelto a engañarla. Una y otra vez.

El divorcio había sido feroz. Nico había reclamado la mitad de sus bienes y lanzado una campaña pública para calumniarla, diciendo que era egoísta, superficial, egocéntrica, una niña rica malcriada cuya única intención era controlarlo y avergonzarlo. Y que se había negado a mantener relaciones conyugales.

Llegado el momento del acuerdo, había sido incapaz de defenderse. No era nada de las cosas que Nico había afirmado, pero el público creyó lo que oía... o quizá también ella había comenzado a creer tantas cosas negativas que salían en la prensa amarilla. Porque al final, terminó por detestar su nombre, su fortuna y el asesinato público de su personaje.

Se trasladó a Inglaterra, se cambió el apellido, se inscribió en la escuela de enfermería y se convirtió en otra persona... alguien estable, sólido y pragmático.

Agotada, giró despacio en su habitación como una bailarina de caja de música. ¿Adónde había ido Kristian? ¿Volvería a verlo esa noche? ¿O estaría sola hasta que llegara la mañana?

Como si hubieran esperado ese momento de desconcierto, las luces del dormitorio parpadearon una, dos veces, y luego se apagaron por completo, dejándola en la oscuridad.

Al principio, no atinó a hacer otra cosa que acercarse a la cama y sentarse, convencida de que la electricidad regresaría en cualquier momento o que algún empleado de la casa aparecería con una linterna o velas.

Los minutos transcurrieron y se extendieron.

No supo cuánto tiempo pasó, pero pensó que debería rondar cerca de la hora. Aparte de aburrida, ya estaba hambrienta, y si nadie iba en su ayuda, ella iría hacia la ayuda.

De camino a la salida, tropezó con un baúl al pie de la cama, una silla, una mesa, la pared y, finalmente, con la puerta.

El pasillo estaba incluso más oscuro que su habitación. No se veía un destello de luz por ninguna parte, ni un sonido.

Inició el lento y temeroso trayecto por el pasillo, sabiendo que en alguna parte delante había unas escaleras, aunque no estaba segura de la distancia ni de lo empinada que era.

Justo cuando creía haberlas encontrado, oyó un ruido. Algo vivo, que respiraba. Y gemía.

Frenó en seco. El corazón se le desbocó y, alargando la mano hacia la pared con gesto trémulo, sintió que la piel se le helaba.

Había alguien, algo, en la escalera. Alguien, algo, que esperaba.

Oyó un sonido sordo y pesado y luego silencio. Puso todos los sentidos en escuchar. Respiraba más pesadamente; otro sonido sordo, un grito contenido, no del todo humano, seguido de un arañazo en la pared.

No pudo soportarlo más. Con una mano extendida, siguiendo la pared con los dedos, corrió de vuelta hacia su habitación... aunque ya no recordaba dónde estaba ni cuál era su puerta. Ni si la había dejado abierta.

El terror de no saber dónde estaba ni de lo que podía haber en la escalera, la puso casi frenética. Con el corazón a punto de estallarle, dio vueltas en círculos.

Otro ruido a su espalda, y de pronto algo le rozó el brazo. Gritó. No pudo evitarlo. Estaba absolutamente petrificada.

—Elizabeth.

—Kristian —su voz se quebró de miedo y alivio—. Ayúdame, ayúdame, por favor.

Y ahí estuvo, pegándola a él, protegiéndola en el círculo de sus brazos.

—¿Qué pasa? ¿Qué sucede?

—Hay algo ahí. Hay algo... —apenas podía hablar. Tembló contra él.

—Es tu imaginación —dijo, proyectando firmeza.

Pero el terror parecía tan real... sumado a su incapacidad de ver, a la oscuridad, a desconocer qué había en la escalera. Si era humano, monstruo o animal.

—Había algo. Pero está tan oscuro...

–¿Está oscuro?

–¡Sí! –le aferró la camisa con ambas manos–. Llevamos siglos sin luz, y nadie vino, y la electricidad aún no ha vuelto.

–Es la tormenta. Pasará.

–Está demasiado oscuro. No me gusta.

–Tu habitación está aquí mismo –dijo, la voz próxima a su oído–. Ven, vamos a arroparte. Estoy seguro de que hay una manta al pie de la cama.

La condujo al cuarto y encontró la manta, que le pasó por los hombros.

–¿Mejor?

Ella asintió.

–Sí.

–Entonces, debería irme.

–No –lo sujetó por la manga y luego bajó los dedos por su antebrazo. Su piel estaba cálida y tirante, cubriendo unos músculos densos.

Durante un largo y silencioso minuto, Kristian no se movió, y luego alargó la mano y le tocó el hombro, el cuello, el mentón. Pasó ligeramente los dedos por su cara, trazando las cejas, bajando por la nariz y los labios.

–Será mejor que me eches –dijo con voz ronca.

Ella cerró los ojos ante la lenta exploración y sintió que la piel se le encendía bajo su contacto.

–Seguiré asustada.

–Por la mañana lamentarás haber dejado que me quedara.

–No si descanso bien.

Le acarició los labios, como si aprendiera la curva y la forma de su boca.

–Si me quedo, no descansarás.

Ella tembló y el ansia le provocó un cosquilleo.

–No deberías estar tan seguro.

–¿Es un desafío, *latrea mou*?

Le acarició el labio inferior y la boca de Elizabeth tembló. El calor de la piel de Kristian le estaba derritiendo las entrañas. Instintivamente, separó los labios, para tocar y probar su piel.

Lo oyó contener la respiración cuando su lengua le rozó el nudillo, y otra vez cuando se introdujo ese nudillo en la boca. Tener el dedo de Kristian en la boca le estaba enloqueciendo el cuerpo, despertando una poderosa necesidad física que había estado dormida durante mucho tiempo.

Le succionó el dedo con más fuerza. Y cuanto más fuerte lo hacía, más duros se le ponían los pezones y más le palpitaba el vientre. Quería liberación, quería ser tomada, saqueada, saciada.

–¿Realmente es lo que quieres? –preguntó él con los dientes apretados, la voz profunda llena de pasión.

Ella no habló. Apoyó la mano en su cinturón y, despacio, la bajó para cubrir su dura erección.

Kristian gimió y con brusquedad la acercó a él, pegando las caderas de los dos. Ella pudo sentir la oleada de calor a través de sus pantalones, pudo sentir cómo la tela se tensaba.

El control se quebró. Kristian le cubrió la boca con la suya y la besó con ardor y vehemencia. La presión de su boca le abrió los labios.

Elizabeth tembló contra él y se pegó en busca de un alivio desesperado, anhelando un contacto más íntimo con su cuerpo, desde los muslos hasta las caderas estrechas, desde el torso hasta los hombros poderosos. Pudo sentir su erección contra el vértice de sus muslos, y a pesar de lo excitante que era, no resultaba suficiente.

Lo necesitaba, necesitaba más de él. Tacto, gusto, presión, piel.

—Por favor —susurró, rodeándole la cintura y acariciándole la espalda—. Por favor, quédate conmigo.

—¿Cuánto tiempo? —murmuró Kristian, bajando la cabeza para darle besos leves por el cuello y en la oreja—. ¿Hasta la medianoche? ¿Hasta la mañana? ¿El mediodía?

Los besos le hacían difícil pensar. Apretó los muslos y su núcleo ardió y palpitó. Habían pasado años desde la última vez que había hecho el amor, y en ese instante sentía como si se derritiera allí mismo.

La boca volvió a encontrar la suya en un beso leve, tentador, pero que, no obstante, la puso frenética. Alzó las manos y enterró los dedos en el pelo tupido de él.

—Todo el tiempo que tú quieras —musitó sin aliento.

Le había dado la respuesta adecuada y de inmediato el beso se profundizó, entreabriéndole los labios para introducir la lengua de Elizabeth en su boca.

Mientras le succionaba la punta, ella sintió que las piernas estaban a punto de cederle. Le arrebataba el control, se apoderaba de sus sentidos, y era incapaz de detenerlo.

Aturdida, pensó que le había entregado una rendición verbal, pero eso no bastaba. En ese momento, quería la rendición de su cuerpo.

Capítulo 10

KRISTIAN la sintió temblar contra él, sintió la curva de sus caderas, la plena suavidad de sus pechos.

Besándola, bajó las yemas de los dedos por la extensión de su cuello.

Pudo sentir su clavícula, el hueco en su garganta, el palpitar de su corazón. Su piel era incluso más suave que lo que recordaba y se descubrió fantaseando con soltarle el pelo recogido y dejar que cayera en cascada sobre sus hombros.

Entre sus dedos.

Quería tener su cara, su pelo, su cuerpo en las manos. La quería desnuda y pegada contra él.

–Kristian –jadeó Elizabeth, tomándole la cara entre las manos.

Al instante, se puso duro y sintió que los pantalones eran demasiado restrictivos para acomodarle la erección. Quería quitarse la ropa. Que también lo hiciera ella. *Ya*.

Elizabeth tembló cuando la mano de Kristian le acarició la cadera, bajó por su muslo y encontró el bajo del vestido de terciopelo. Al levantárselo, sintió aire en la pierna desnuda, seguido de inmediato por el calor de los dedos de él.

Anhelaba su contacto y al mismo tiempo le daba miedo. Hacía tanto tiempo que no la abrazaban, que no experimentaba un placer tan intenso como ése, que se pegó a él, presionó los pechos contra su torso, al tiempo que los dedos de Kristian la separaban y encontraban la piel más delicada entre esos pliegues. Estaba ardiendo, y húmeda, y pegó la frente contra su mandíbula mientras sus dedos la exploraban.

No pudo contener el gemido que escapó de su garganta ni que le temblaran las piernas. Lo anhelaba, lo necesitaba y la intensidad de su deseo la aturdía.

Oscilando sobre los pies, se echó para atrás.

–La cama –murmuró ella sin aliento, tirando de su camisa.

Juntos recorrieron los pasos que los separaban de la cama.

Al caer en el colchón, con impaciencia Kristian le quitó el vestido por la cabeza.

Elizabeth se soltó el cabello. Le costó separar las trenzas cuando Kristian empleaba su propio cuerpo contra ella. Estando con los brazos levantados por encima de la cabeza, le había tomado los pechos en las manos, coronando su plenitud y excitando los pezones duros.

Jadeando por la presión y el placer, casi no pudo terminar de soltarse el pelo. Esa noche no se había puesto sujetador y la sensación de sus manos sobre la piel desnuda casi fue demasiado.

Cuando terminó, agarró el cinturón de Kristian y luego el botón y la cremallera de los pantalones. Liberándolo, se dedicó a acariciarlo, otra vez asombrada por su tamaño.

Pero Kristian estaba impaciente por tenerla en la cama, y, empujándola hacia atrás, la derribó. Separándole las rodillas, le besó la parte interior de los muslos y luego subió hacia el núcleo cálido y húmedo. Tenía una lengua hábil y su destreza era más que lo que Elizabeth casi podía soportar. Tímida de pronto, quería que parara, aunque Kristian le rodeó las piernas con los brazos y la mantuvo abierta para él.

La punta de la lengua aleteó sobre la piel en llamas antes de jugar ligera pero insistentemente sobre su núcleo. Una y otra vez la acarició con la lengua y los labios, enloqueciéndola con la tensión que crecía en su interior. Jadeó a medida que la presión iba en aumento, hasta que al final, arqueándose, elevó las caderas y alcanzó el clímax.

El orgasmo fue intenso, abrumador. Se sintió absolutamente demolida. Y cuando Kristian finalmente subió por encima de su cuerpo, ni siquiera pudo hablar. Le acarició los densos músculos de los pectorales y subió hasta los hombros para empujarlo encima de ella.

Su cuerpo era pesado, duro y fuerte.

La sensación de que la cubriera con él le resultó deliciosa. Su orgasmo había sido intenso, pero lo que de verdad quería, necesitaba, era algo más satisfactorio que la satisfacción física. Lo anhelaba a él. La sensación de ser tomada, amada, saciada por él.

La penetró lentamente, controlando su fuerza para cerciorarse de que no le hacía daño. Elizabeth lo aferró con ardor, maravillada por la sensación de que la llenara. Era tan grato tenerlo, tan perfecto. Le besó el torso, la base del cuello... antes de que él bajara la cabeza y le reclamara la boca.

Mientras la besaba, la embistió despacio, estirando su cuerpo encima de ella para retirarse y volver a embestirla. Con el torso le rozaba los senos y el vello creaba una agradable fricción sobre los pezones. Elizabeth se retorció de placer y Kristian se enterró hasta el fondo en ella.

Le rodeó la cintura con las piernas mientras sus caderas se movían contra ella. Apretó los músculos, reteniéndolo dentro, y la calidez de los cuerpos, unida a la profunda e impenetrable oscuridad, hizo que el acto fuera más misterioso y erótico.

A medida que Kristian aumentaba el ritmo, sus embestidas se volvían más duras, y ella salía gustosa al encuentro de cada una, deseando tanto de él como quisiera darle.

Nadie la había hecho sentir jamás tan física, tan sexual o tan bien. Era natural estar con él, y así se entregó a Kristian, a su destreza y pasión, a medida que los empujaba a ambos a un punto sin retorno donde los músculos y los nervios se contraían y la mente aislaba todo menos oleada tras oleada de placer en el orgasmo más poderoso que había experimentado en la vida.

Durante esos segundos, no fue ella, sino fragmentos de cielo y estrellas y noche. Sintió que era arrojada de su cuerpo a algo mucho más grande, más esperanzador que su vida. No era sexo. Era un reino de posibilidades.

Luego, sintiéndose aturdida y sin médula, se aferró a Kristian y respiró hondo.

–Te amo –susurró sobre su pecho–. Te amo.

Kristian tenía la mano enterrada en su pelo. Durante un momento se le tensó, luego la relajó y, bajando la cabeza, le dio un beso en la nariz, la frente, el párpado.

–Mi querida enfermera inglesa. Dominada por la pasión.

–No soy inglesa –respondió con un bostezo satisfecho, relajándose–. Soy estadounidense.

Él rodó de tal modo que quedó sobre el colchón y el peso de ella descansó sobre su cuerpo.

–¿Qué?

–Estadounidense.

–¿Eres estadounidense? –repitió incrédulo, sujetándola con firmeza por las caderas.

–Sí.

–Bueno, eso explica muchas cosas –afirmó con falsa seriedad–. En particular tu sensibilidad. Los estadounidenses se toman todo de forma personal.

–Creo que eras tú el que al principio estaba agarrado a sus medicamentos...

–No quiero hablar de mis medicinas. Dime, tus ojos... ¿son azules, verdes, castaños?

Con tristeza, comprendió que quizá él jamás supiera cómo era.

–Azules. Y no soy alta... mido un metro sesenta.

–¿Nada más? Cuando llegaste estaba seguro de que medirías un metro ochenta.

Sonriendo, se arrebujó contra él.

–¿De modo que no tenías ni idea de que me había criado en Nueva York?

–Ninguna –le besó el cuello, luego la oreja–. ¿Allí es donde tienes tu casa?

–La tenía. Hace años que vivo en Londres. Allí soy feliz.

–¿Lo eres?

–Bueno, en realidad no vivo en Londres. Trabajo en Richmond y tengo mi casa en Windsor. Está a menos de una hora de tren en ambos sentidos, y me gusta. Leo, me ocupo del papeleo, organizo mi día.

Él le acariciaba el cabello y la escuchaba hablar. Cuando calló, volvió a besarla.

–Mis especialistas oculares están en Londres.

Giró la cara para mirarlo.

–¿Estás pensando en programar una cirugía ocular?

–Le doy vueltas a la idea.

–¿Lo haces en serio...?

–Sí. ¿Crees que debería intentarlo?

Reflexionó cuidadosamente antes de responder.

–Eres tú quien debe vivir con las consecuencias –repuso.

–Pero quizá es mejor saberlo –suspiró como si el peso del mundo reposara en sus hombros–. Tal vez debería hacerlo y acabar de una vez.

Elizabeth apoyó las manos en su pecho y sintió su corazón contra las manos.

–Las probabilidades... No son muy buenas, ¿verdad?

–Menos de un cinco por ciento –respondió con voz carente de emoción.

–Te está yendo tan bien ahora. Haces tantos progresos. Si la cirugía no da los resultados que tú esperas, ¿podrás hacerles frente?

–No lo sé. No sé cómo me sentiría. Pero sí sé esto. Echo de menos ver. Echo de menos mi vista. Y me encantaría tirar el bastón. No me gusta anunciarle al mundo que no puedo ver.

En ese momento, regresó la electricidad y de repente las luces titilaron y cobraron vida.

Los dos se hallaban desnudos, él estirado boca arriba y ella sentada con las piernas cruzadas, la mano de él reposando sobre su muslo desnudo. Se sentía tan bien con él. Sentía como... el alma y el cuerpo de Kristian.

–Ha vuelto la electricidad –lo miró, absorbiendo toda su belleza erótica y oscura–. Volvemos a tener luz.

–¿Me estoy perdiendo algo? –alargó la mano y volvió a ponerla encima de él.

Se sentó a horcajadas de Kristian mientras él le acariciaba la parte inferior de los pechos, logrando que el pezón se irguiera y endureciera casi en el acto, que sus entrañas se encendieran, contrajeran y comenzaran a anhelar otra vez liberación.

—No —murmuró, cerrando los ojos y entreabriendo los labios a medida que dejaba que se introdujera un pezón en la boca, caliente y húmeda sobre su piel. Lo agarró de los hombros y fue incapaz de contener un gemido.

Sintió que crecía y se endurecía debajo de ella. Y sólo pudo pensar en que lo deseaba... otra vez. Quería que la tomara con fuerza, con rapidez, hasta que la hiciera gritar de placer.

Él debió de pensar lo mismo, porque, moviéndose, la alzó, la situó encima y la embistió. Elizabeth tembló mientras Kristian empleaba las manos para ayudarla en esa cabalgata. Las mejillas y la piel le brillaron mientras hacían el amor de nuevo.

Alcanzó el orgasmo más rápidamente que antes con un grito de fiero placer, antes de desplomarse sobre su pecho, completamente exhausta.

No pudo hacer otra cosa que intentar recuperar el aliento.

—No deja de ser mejor —susurró.

Él le acarició el cabello y luego la espalda, hasta posar la mano sobre su trasero.

—Creo que te gusta el sexo tanto como a mí.

—Contigo. Es increíble.

—Hacen falta dos para que sea increíble —le bajó la cabeza y la besó profundamente, buscando la danza de las lenguas.

En medio del beso, el estómago de ella crujió de repente. Disculpándose, rió sobre su boca.

–Lo siento. Tengo hambre.

–Entonces, vayamos a buscar la cena. Yo también estoy hambriento.

Se vistieron y ella se alisó el cabello con los dedos.

–Siento como si estuviera en el instituto –rió Elizabeth. Y entonces, sólo entonces, lo vio... Cosima–. Dios mío –susurró, palideciendo. ¿Qué había hecho?

–¿Elizabeth? ¿Qué sucede?

Lo miró espantada.

Kristian no era suyo. Nunca lo había sido. En todo momento había pertenecido a otra mujer...

–¿Elizabeth? –la voz de él proyectó enfado–. ¿Sigues ahí? Háblame.

–¿Qué acabamos de hacer, Kristian? – «¿Qué he hecho yo?»

El rostro de él mostró confusión.

–¿Ya te... arrepientes? ¿Tienes a alguien que te espere en Londres? –preguntó con voz súbitamente severa.

–No.

–Pero, ¿hay una relación?

–No.

Incluso sin ver, parecía saber exactamente dónde estaba. Cruzó hacia ella con rapidez y la tomó por los hombros.

Se puso rígida, sintiendo su cólera, pero luego la abrazó y la pegó contra él. Le besó la mejilla y le mordisqueó el cuello.

–¿Qué sucede, *latrea mou*? ¿Por qué esas dudas?

Ella pegó los dedos contra su torso.

–A pesar de lo mucho que me importas, Kristian, no puedo hacer esto. Está mal. Es un terrible error.

La soltó y retrocedió.

–¿Es por mis ojos? ¿Porque no te puedo ver y te doy pena?

–No.

–Es por algo, *latrea mou*. Porque un momento estás en mis brazos y te parece bueno, sereno y real, y al siguiente es... terrible –respiró hondo–. Un *error*.

Con los ojos húmedos, lo vio retroceder otro paso.

–Kristian –murmuró–. No, no es eso. No como tú haces que suene. Me ha encantado estar contigo. Quería estar cerca de ti...

–Entonces, ¿qué? ¿Otra vez es por Cosima? No logro alejarme de ella. Cada vez que me vuelvo, ahí está... incluso en mi condenado dormitorio.

–Kristian.

–No. *No*. ¿Qué pasa entre Cosima y tú? ¿Está en el contrato? ¿Es porque te ha pagado? Porque si es por el dinero, dime de qué cantidad se trata y le extenderé un cheque.

–No es el dinero. Es... por vosotros. Ella y tú.

Él rió, pero fue un sonido chirriante.

–¿*Cosima*? Cosima... ¿el diablo personificado?

–¿No sois pareja?

–¿Pareja? Estás loca, *latrea mou*. Ella es la razón por la que no podía levantarme de la cama, por la que no podía obligarme a caminar, por la que no podía enfrentarme a la vida. ¿Por qué querría llegar a estar alguna vez con una mujer que había estado con mi hermano?

Ella se quedó boquiabierta. Se le resecó la boca.

–¿Con tu... *hermano*?

–Era la novia de Andreas. Él está muerto porque ella está viva. Está muerto porque fui a socorrerla a ella primero. La rescaté por él.

Elizabeth movió la cabeza. Por supuesto. *Por supuesto.*

Repitió mentalmente la conversación que había tenido con Cosima. Ésta jamás le había manifestado que estuviera enamorada de Kristian. Había dicho que le importaba mucho y que quería verlo de vuelta en Atenas, pero nunca que hubiera algo más. Sólo que esperaba...

Esperaba.

Eso era todo.

–Entonces, ¿sigues teniendo que irte a París el lunes o sólo era una excusa? –preguntó él con tono seco.

–Todavía tengo que irme –repuso en voz baja.

–¿Y aún te arrepientes?

–Kristian...

–Sí, ¿verdad?

–Kristian, no es tan sencillo. No es blanco o negro.

–Entonces, ¿cómo es?

–Yo... –cerró los ojos y trató de imaginar cómo contarle con quién había estado casada, quién la había calumniado y denigrado. Pero no surgió ninguna explicación. El viejo dolor era demasiado profundo.

–¿Tú *qué*? –demandó él.

–No puedo quedarme en Grecia –susurró–. No puedo.

–¿Todo esto se debe a ese *ornio* griego que conociste en tus vacaciones?

–Es más serio que eso.

Se quedó quieto.

–¿Cuán serio?

–Me casé con él.

Durante largo rato, Kristian no dijo nada y mostró los dientes en expresión salvaje.

–De modo que así están las cosas.

Dio un paso hacia él.

–¿Qué significan esas palabras?

–Que yo no soy un hombre para ti. No uno en el que puedas confiar y respetar...

–No es cierto.

–*Es* cierto –tensó los hombros–. Hemos pasado dos semanas juntos... mañana, tarde y noche. ¿Por qué no me contaste antes que estabas casada? ¿Por qué me dejaste creer que sólo se trataba de un simple romance de vacaciones, una aventura griega sin consecuencias?

–Porque yo... yo... no quiero hablar de ello.

–¿Por qué?

–Porque me hizo daño. Mucho –alzó la voz y las lágrimas se asomaron a sus ojos–. Me provocó miedo.

–No confías en mí –comentó con tono frío–. Y no me conoces si crees que haría el amor con una mujer mientras salgo con otra.

El corazón de Elizabeth se hundió.

–¿Qué clase de hombre crees que soy? –atronó él–. ¿Cuán inmoral y despreciable me consideras?

–Tú no eres...

–Creías que estaba comprometido con Cosima.

–No quería pensarlo.

–Pero lo hiciste –espetó.

–Kristian, por favor, no. No me juzgues...

–¿Por qué no? Tú me juzgaste.

Las lágrimas cayeron.

–Te amo –murmuró.

Se encogió de hombros con brusquedad.

–Desconoces el sentido del amor si te vas a la cama con un hombre supuestamente prometido con otra mujer.

–Kristian, no puedo explicarlo, no puedo encontrar las palabras ahora mismo, pero debes saber cómo me siento... cómo me siento de verdad. Debes saber por qué estoy aquí y por qué llegué a quedarme tanto tiempo.

—¿El dinero, tal vez? —se mofó, abriendo la puerta.

—*No*. Y no hay dinero, no acepto el dinero de ella...

—Convenientemente dicho.

Quizá el problema radicaba en que no podía ver cuánto lo amaba y cuánto creía en él, o que habría hecho cualquier cosa para ayudarlo. Amarlo. Hacerlo feliz.

—Por favor —suplicó.

Pero él había levantado ese muro impenetrable de hielo que lo aislaba de todo. Se dirigió por el pasillo hacia la escalera lejana.

Su rechazo la hería profundamente. Durante un momento, sólo pudo mirar cómo se alejaba... pero se dijo que no podía permitirlo, no por algo tan insignificante.

Un malentendido.

Orgullo.

Ego.

Nada lo bastante importante para mantenerlos separados. Lo amaba, y por el modo en que la había abrazado, le había hecho el amor, sabía que él debía tener sentimientos hacia ella... que era algo más que simples hormonas. No eran adolescentes, y los dos habían pasado por suficientes cosas como para saber qué importaba.

Lo que importaba era amar y ser amado.

Tener a alguien al lado. Alguien que permaneciera en las buenas y en las malas.

Por eso se olvidó del orgullo y del ego y lo siguió a las escaleras. Mientras se secaba las lágrimas, sabía que no iba a permitir que la descartara de esa manera.

Cuando comenzó a bajar el siguiente tramo de escalera, oyó que la puerta se abría y que unos pasos cruzaban el vestíbulo.

–¡Kristian! –dijo una voz inquietantemente familiar–. Nos acaban de informar de que habías llegado. Qué sorpresa. ¡Bienvenido a casa!

¿Nico?

Elizabeth se paralizó. Hasta el corazón pareció detenérsele.

–¿Qué haces aquí? –preguntó Kristian con voz tensa.

–Nosotros, mi novia y yo, vivimos aquí parte del tiempo –respondió Nico–. ¿No sabías que habíamos tomado una suite? Estaba seguro de que te lo habían dicho. Al menos, sé que Pano lo sabía. El otro día hablé con él por teléfono.

–He estado ocupado –murmuró Kristian distraído.

Con piernas temblorosas, movió el peso y el parqué crujió. Todas las cabezas de abajo se alzaron para mirarla.

Ella se agarró a la barandilla. No podía estar pasándole eso. No podía ser.

Nico, viéndola, mostró igual sorpresa. Rió incrédulo.

–¿Grace?

Elizabeth sólo pudo mirarlo.

Nico miró a Kristian y luego a su ex esposa.

–¿Qué está pasando? –preguntó.

–No lo sé –respondió Kristian con tensión–. Dímelo tú.

–Yo tampoco lo sé –Nico frunció el ceño–. Durante un momento, pensé que Grace y tú estabais... juntos.

–¿Grace qué? –demandó Kristian.

–Stile. Mi esposa estadounidense.

Kristian se puso rígido.

–Aquí no hay ninguna Grace.

–Sí que la hay –respondió el otro–. Está de pie en el rellano. Cabello rubio. Vestido negro.

Elizabeth sintió la confusión de Kristian cuando éste giró, mirando ciegamente en dirección a la escalera.

–Kristian –susurró, odiando su confusión, ser ella quien la generara.

–Ésa no es Grace –replicó Kristian con tono sombrío–. Es Elizabeth. Elizabeth Hatchet. Mi enfermera.

–¿Enfermera? –rió Nico–. Santo cielo, Koumantaros, parece que te ha embaucado. Porque tu Elizabeth es mi ex esposa, Grace Stile. Y una perversa cazafortunas.

Capítulo 11

KRISTIAN sintió como si le hubieran dado un puñetazo en el estómago. No podía respirar ni moverse.

Elizabeth no era Elizabeth. ¿Era realmente Grace Stile?

Trató de mover la cabeza.

La mujer de la que se había enamorado ni siquiera era quien él creía que era. Tal vez ni siquiera fuera enfermera.

Tal vez fuera una cazafortunas, como había dicho Nico.

Cazafortunas. La palabra resonó en la cabeza de Elizabeth.

Aturdida, se encendió.

—No soy una cazafortunas —espetó cuando al fin pudo encontrar su voz. Con piernas temblorosas, avanzó hasta llegar al vestíbulo—. *Tú* lo eres. Tú, tú, tú eres... —pero no pudo soltar las palabras, no pudo defenderse, apenas podía respirar, menos pensar.

Nico la había traicionado a *ella*.

Nico se había casado con *ella* por su dinero.

Nico había envenenado a los medios y al público griegos contra ella.

Había convertido su vida en un infierno y ella había sido la que había pagado... y pagado y pagado. No sólo por el divorcio, y tampoco por el acuerdo económico, sino emocional, física y mentalmente. Había tardado años en recuperarse, años en dejar de sentirse dolida, insegura y airada.

Ella sólo había representado dinero, la fortuna que complementara su menguante herencia.

—Te seducirá —continuó Nico, apoyado sobre los talones y con los brazos cruzados—. Y te hará creer que fue tu idea. Y cuando te tenga en la cama, te dirá que te ama. Te hará pensar que es amor, pero es codicia. Te arrebatará todo lo que tengas...

—Ya basta. He oído suficiente —cortó Kristian, silenciando a Nico.

Había palidecido y la cicatriz resaltaba en su cara.

—Nada de eso es verdad —soltó Elizabeth, temblando—. Nada de lo que dice...

—He dicho *basta* —Kristian dio media vuelta y se marchó por el pasillo.

De algún modo, ella encontró el camino de regreso a su habitación, se tumbó en la cama, donde permaneció, incapaz de dormir o llorar.

Rezó para que cuando al fin saliera el sol, todo eso resultara ser únicamente un mal, mal sueño.

No lo fue.

A la mañana siguiente, una doncella llamó a su cuarto y le transmitió el mensaje de que un coche estaba preparado para llevarla hasta el helicóptero.

Lavándose la cara, evitó mirarse en el espejo antes de alisarse las arrugas del vestido de terciopelo y bajar. El mayordomo la condujo hasta el coche.

Había tenido la impresión de que viajaría sola, pero Kristian ya se hallaba en el coche cuando ella subió.

–Buenos días –susurró, teniendo cuidado de establecer la máxima distancia posible entre ellos.

Él apenas inclinó la cabeza.

Ella juntó los dedos sobre el regazo. Sentía como si todo lo que hubiera tenido bueno, cálido y esperanzador en su interior se hubiera desvanecido. Muerto.

El coche arrancó.

–Eras la esposa de Nico –dijo Kristian

En la voz profunda que rompió el silencio había brutalidad, una violencia que hablaba de venganza y pasión amarga.

Lo miró, pero no pudo leer nada en su cara, remota e implacable en sus líneas.

No respondió, no quiso hacerlo ni supo cómo... porque sabía que tal como estaba él en ese momento, nada que pudiera decir Elizabeth ayudaría, nada importaría. Después de todo, Kristian Koumantaros era griego. No le importaría que estuviera divorciada, que llevara años divorciada. En su mente, siempre sería la esposa de Nico.

–Estoy esperando –demandó él con voz áspera.

Con los ojos húmedos, Elizabeth respiró hondo.

–Sí –susurró.

–De modo que tu nombre no es Elizabeth, ¿verdad?

El dolor en su pecho era agudo. Sólo podía mirar a Kristian, deseando que todo hubiera sido diferente. Que Nico no hubiera sido uno de los inquilinos del castillo. Que Cosima no se hubiera interpuesto entre ellos.

–Sigo esperando –añadió él.

El dolor avivó el fuego interior de Elizabeth.

–¿Esperando qué? –espetó–. ¿Alguna gran confesión? Pues no voy a confesar. No he hecho nada mal...

–Has hecho *todo* mal –interrumpió con dientes apretados–. Todo. Si tu nombre no es realmente Elizabeth Hatchet. Si Nico fue tu marido, eso te convierte en alguien que no conozco.

Elizabeth cerró los ojos con fuerza.

Al no obtener respuesta, se inclinó hacia ella y le exploró la cara.

—Eres Grace Stile, ¿verdad?

—Lo fui —murmuró—. Fui Grace Stile. Pero Grace Stile ya no existe.

—Grace Stile era una mujer hermosa —se burló, demorando los dedos en la boca carnosa.

Tembló para sus adentros ante el contacto.

—No soy ella —dijo contra sus dedos.

Kristian emitió una risa desdeñosa.

—Grace Stile, hija de un icono estadounidense...

—No.

—La debutante más hermosa de Nueva York.

—No soy yo.

—Incluso más rica que el magnate griego con el que se casó.

Elizabeth dejó de hablar.

—Tu padre, Rupert Stile...

Apartó la cabeza para alejarse de su contacto.

—Grace Stile no existe —espetó—. Soy Elizabeth Hatchet, directora de una empresa de cuidados médicos, es todo lo que importa, todo lo que debe conocerse.

—Pero tu nombre legal ni siquiera es Elizabeth Hatchet.

Ella titubeó, sabiendo que jamás le había proporcionado esa información a nadie... no desde el día en que todo había cambiado.

—Hatchet era el apellido de soltera de mi madre. Legalmente, soy Grace Elizabeth.

Él rió, un sonido en absoluto divertido.

—¿Eres de verdad una enfermera diplomada?

—¡Por supuesto!

Durante un momento, ninguno de los dos habló.

—Crees conocer a alguien —dijo él pasado un minuto tenso—. Crees que lo que sabes es verdad, es real, y entonces descubres que no sabes absolutamente nada.

—Pero sí sabes que soy enfermera —afirmó ella—. Y tengo un máster en administración de empresas.

—No sé eso. No puedo ver. Tú podrías ser otra... ¡y resulta que lo eres!

—Kristian...

—Porque si no estuviera ciego, no habrías conseguido sacar adelante esta farsa, ¿verdad? Si pudiera ver, te habría reconocido. Habría sabido que no eras una fea enfermera, y sí la famosa y hermosa heredera, Grace Stile.

Elizabeth contuvo una oleada de pánico. Todo llegaba a su fin, tan rápida y negativamente, que no se le ocurría cómo cambiar la dirección de la marea que caía sobre ella, implacable.

—Kristian —dijo con tono urgente, tocándole la mano, notando su rigidez ante el contacto—. Me trasladé a Inglaterra y me cambié el nombre por desesperación. Ya no quería ser Grace Stile. Quería empezar de cero. *Necesitaba* empezar de cero. Y eso hice.

Él no volvió a hablar. Ni siquiera después de subir al helicóptero que despegó rumbo a Atenas, donde le dijo que la esperaba un avión. La enviaba a casa de inmediato. Sus maletas ya estaban en el aeropuerto de Atenas. Estaría en Londres a media tarde.

Se detuvo ante la escalerilla del jet privado y lo miró.

Estaba cansada de ser la mala persona, no permitiría que siguieran denigrándola. Nunca había sido una mala mujer, una mala persona. Quizá con veintitrés, veinticuatro años, no había sido lo bastante madura para no aceptar la culpa, pero en ese momento lo era. Era una mujer, no un saco de arena que recibía golpes indiscriminados.

–Adiós, Kristian –se despidió–. *Kali tihi* –buena suerte.

–¿Buena suerte? –repitió él–. ¿Con qué? –espetó, dando un paso agresivo hacia ella.

Su reacción la desconcertó. Aunque siempre lo había hecho.

–Con todo –respondió, con el único deseo de irse ya. Sabía que eso no podía llegar a ninguna parte. La noche anterior debería haberse dado cuenta de que nada bueno podía salir de una relación inapropiada, pero la noche anterior no había pensado. Sólo se había sentido asustada e insegura, y había recurrido a él en busca de consuelo, de reafirmación. Había sido lo peor que había podido hacer.

–¿Y qué es *todo*? –insistió él con expresión lúgubre.

Pensó en todo lo que aún le aguardaba. Si lo quisiera, podía llevar una vida tan buena, tan rica, tan interesante... con o sin vista.

Esbozó una sonrisa agridulce.

–Tu vida –comentó con sencillez–. Todavía está ante ti.

Y con rapidez, antes de que pudiera detenerla, subió la escalerilla y desapareció en el interior fresco y elegante del jet, donde se acomodó en uno de los sillones de piel.

De vuelta en Londres, le dio la bienvenida al montón de casos que se apilaban en su escritorio. Agradeció que la mantuvieran ocupada y le impidieran pensar en Kristian, en Grecia, en las dos semanas caóticas que había pasado allí.

Y en el trayecto en tren, no lograba desentrañar qué había pasado.

Ni cómo ni por qué había pasado.

No estaba interesada en los hombres ni en tener otro amante. Tampoco en tener una familia. Lo único que quería era trabajar, pagar sus facturas y mantener en buen funcionamiento su empresa.

Mientras guardaba unos papeles en su maletín, pensó que quería llevar una vida sencilla y ocuparse de sus propios asuntos.

Ese día volvía a salir temprano del trabajo, atormentada por una molestia estomacal que no quería abandonarla. Llevaba dos meses en Inglaterra, pero hacía siglos que no se sentía ella misma. De hecho, desde que saliera de Grecia.

Su secretaria alzó la vista cuando Elizabeth abrió la puerta de la oficina.

–¿Sigue indispuesta, señorita Hatchet? –preguntó la señora Shipley con tono de simpatía, subiéndose las gafas de lectura hasta acomodarlas sobre la cabeza.

La señora Shipley había llevado la oficina prácticamente sola durante su ausencia, y no podía imaginar una ayudante administrativa mejor.

–Sí –repuso con una mueca cuando el estómago hizo que otra vez tuviera ganas de devolver en la papelera más cercana. Pero jamás tenía la suerte de expulsar lo que fuera que la estuviera indisponiendo.

–Como haya pillado un parásito en Grecia, necesitará un buen antibiótico. Debería ir a ver a un médico que le recetara algo.

La señora Shipley tenía razón. Se sentía de pena. Le dolía todo. Le palpitaba la cabeza. Su estómago se alternaba entre las náuseas y las contracciones musculares. Hasta su sueño estaba atribulado.

Pero lo que más temía, y se negaba a encarar, era la posibilidad real de que no se tratara de un parásito y sí algo más permanente. Más radical.

Más serio.

Como el bebé de Kristian Koumantaros.

Llevaba más de dos meses en casa y aún no le había llegado el período... lo que resultaba del todo inusual, ya que era la mujer más regular que conocía. Sin embargo, todavía no se atrevía a hacerse una prueba de embarazo.

Si no lo estaba... fantástico.

Si lo estaba...

¿Si lo estaba?

A la mañana siguiente las náuseas fueron tan intensas que tuvo que acurrucarse cerca del inodoro, dominada por las arcadas.

La cabeza le daba vueltas y sólo podía pensar en si estaba embarazada de Kristian.

Era uno de los hombres más ricos y poderosos de Europa. Sabía que no negociaría con ella. Y menos cuando la consideraba una cazafortunas. Si se enteraba de que se encontraba embarazada, entraría en acción para querer controlar la situación.

De algún modo logró ir al trabajo y arrastrarse toda la jornada como un alma en pena. Luego tomó el tren de regreso a Windsor.

Sentada en el tren, por primera vez tuvo la certeza de que estaba embarazada.

Pero si Kristian la despreciaba, ¿cómo reaccionaría si supiera que llevaba a su bebé?

La dominó el pánico, un pánico que hizo que se sintiera aún más helada y temerosa.

No podía dejar que lo averiguara. No se lo permitiría.

«Para», se reprendió mentalmente. «Tampoco vas a cruzarte con él, ¿no? Vivimos en extremos opuestos del continente. Es imposible un encuentro fortuito».

Y además, ella se cercioraría de que nunca se encontraran.

Le quitaría al bebé. Sabía que lo haría. Tal como Nico le había quitado todo.

Sus náuseas se incrementaron y se movió inquieta en el asiento, ansiosa por llegar a casa, donde podría darse un baño, meterse en la cama y relajarse.

Necesitaba relajarse. El corazón le latía demasiado deprisa.

Tratando de distraerse, miró alrededor del vagón antes de clavar la vista en el periódico del hombre sentado frente a ella. Nada despertó su interés hasta que leyó: *Koumantaros en Londres para Recibir Tratamiento*.

¿Kristian Koumantaros?

Con aliento contenido, se adelantó para ver mejor el artículo. Sólo consiguió leer unas dos líneas antes de que el hombre girara el torso para impedir que continuara leyendo.

Pero no necesitó leer más para captar el tema del artículo.

Kristian se había sometido a la arriesgada operación ocular en el Hospital de Moorfield, en Londres, ese mismo día.

Capítulo 12

AL LLEGAR a casa, fue a la cocina a preparar té y una tostada cuando llamaron a la puerta.

Se paralizó con la rebanada de pan aún en las manos, y permaneció quieta tanto tiempo, que volvieron a llamar.

Dejó el pan y el cuchillo en la encimera, fue a la puerta y miró por la ventana antes de abrirla.

Un Jaguar último modelo estaba aparcado delante de la casa y había un hombre de pie ante la puerta, de espaldas a ella. Pero lo conocía... conocía su estatura, el ancho de sus hombros, la extensión de sus piernas, la forma de su cabeza.

Kristian.

No lo entendió. Ese día se sometería a la operación... se suponía que iban a operarlo de los ojos... el periódico ponía...

A menos que hubiera dado marcha atrás.

Pero no haría algo así.

Con el corazón desbocado, abrió. Kristian giró hacia ella. Sus ojos no se movieron y su expresión permaneció impasible.

—Kristian —susurró, helada otra vez.

—Hatchet —dijo él.

—Estás... aquí —dijo tontamente, sin saber qué más decir. Sólo la dominaba la sorpresa y el miedo. No podía saberlo. No lo sabía. Ella misma lo había averiguado ese mismo día.

–Así es.

Ladeó la cabeza y la miró directamente, aunque todavía sin reconocerla. Su corazón se proyectó hacia él. Aún no había pasado por la cirugía.

–¿Cómo has sabido que vivo aquí?

–Tenía tu dirección –repuso.

–Oh, comprendo –pero no comprendía. Su dirección particular no figuraba en ninguna parte... aunque suponía que si un hombre como Kristian Koumantaros quería averiguar dónde vivía, no necesitaría mucho esfuerzo para obtener dicha información.

Desde la cocina comenzó a pitar la tetera.

Él alzó la cabeza.

–La tetera –explicó–. Estaba preparando té. Debería ir a apagarla –sin esperar que le contestara, fue a la cocina y la desenchufó, y al girar descubrió que tenía a Kristian allí, detrás de ella–. Oh –dijo, nerviosa y dando un paso atrás–. Estás aquí.

Él alzó la comisura de la boca.

–Da la impresión de que hoy estoy en todas partes.

–Sí –se alisó la falda y sintió las manos húmedas. ¿Cómo había llegado con tanta rapidez a la cocina? Era como si conociera el camino... o si realmente pudiera ver...

¿*Podía* ver?

Se le aceleraron los latidos del corazón y sintió que se hallaba perturbadoramente cerca de desmoronarse. Primero la certeza de que iba a tener un bebé y luego la aparición de Kristian en su casa.

–¿Llevas mucho tiempo en Inglaterra? –preguntó, tratando de descubrir qué estaba pasando.

–He pasado parte del último mes aquí.

Un mes en Inglaterra. El corazón le dio un vuelco.

–No lo sabía.

Él enarcó una ceja, pero no dijo nada. Elizabeth pensó que algunas cosas no habían cambiado. Seguía tan reservado como siempre.

–La operación... estaba programada para hoy, ¿verdad? –preguntó incómoda.

–¿Por qué?

–Lo leí en el periódico... de hecho, en el tren en el que vine. Decía que hoy ibas a recibir tratamiento en Londres.

–¿En serio?

Se sintió desconcertada.

–Es lo que ponía el periódico –expuso a la defensiva.

–Ya veo –sonrió con expresión benigna.

Y la conversación murió.

Ella se volvió para servir el té.

Los buenos modales requerían que le preguntara si quería una taza, pero lo último que deseaba era prolongar esa infeliz visita.

Luchó con su conciencia. Ganó la educación.

–¿Te apetece una taza de té?

–Pensé que nunca me lo ofrecerías –sonrió con gesto burlón.

Sacó un plato y una taza.

Se dijo que era imposible que viera.

Pero algo en su interior, ese mismo y peculiar sexto sentido de antes, la volvió suspicaz.

–¿Una tostada? –la voz le tembló. Odió eso. Odió que de repente todo pareciera fuera de control.

–No, gracias.

Mirándolo, guardó el pan, demasiado nerviosa para comer.

–¿No vas a comer? –le preguntó Kristian con suavidad.

–No.

–¿No tienes hambre?

Nerviosa, se preguntó cómo sabía que no iba a comer.

–La operación –afirmó–. No te la hicieron hoy.

–No –calló un segundo–. Fue hace un mes.

Sus piernas casi cedieron. Se apoyó en la mesa de la cocina.

–¿Hace un mes? –susurró, con la vista clavada en su cara.

–Mmmmm.

No la ayudaba en nada. Sintió un nudo en la garganta.

–¿Puedes... puedes ver?

–Imperfectamente.

«Imperfectamente», repitió en silencio, cada vez más mareada.

–Dime... dime... ¿cuánto me ves?

–Ya no está todo oscuro. Un ojo es, más o menos, sombras y formas oscuras, pero con el otro ojo consigo algo más. Probablemente nunca pueda volver a conducir o a pilotar mi propio avión, pero sí puedo verte.

–¿Y qué ves... ahora? –hasta a ella misma su voz le sonó débil.

–A ti.

El corazón le latió con fuerza.

–Los colores no son como antes –añadió Kristian–. Todo es más tenue, de forma que el mundo es más bien gris y blanco, pero sé que estás cerca de una mesa. Tocas la mesa con una mano. Tu otra mano está sobre tu estómago.

Porque tenía ganas de vomitar.

–Kristian.

La miró, la miró de verdad, y no supo si sonreírle o ponerse a llorar.

Porque comprendía que si podía verla, terminaría por ver los cambios en su cuerpo. Sabría que estaba embarazada...

Sintió un nudo en el estómago.

–¿Por eso has venido esta noche? –le preguntó–. ¿Para darme tu buena noticia?

–Y para celebrar tu buena noticia.

–¿Mi buena noticia?

–La tienes, ¿verdad? –insistió.

Con gesto protector, Elizabeth se frotó el estómago que aún no se notaba y trató de mantener la calma.

–No... no lo creo.

–Supongo que depende de cómo se lo mire –repuso él–. Nos conocimos sólo dos semanas y dos días, y eso fue hace dos meses y dos semanas. Esas dos semanas fueron, en su mayor parte, buenas. Pero tuvimos una o dos decepciones, ¿verdad?

No podía quitarle los ojos de encima. Se lo veía fuerte y dinámico, y su tono era de mando.

–Un par –repitió ella.

–Uno de los peores agravios fue que volamos a Kithira para cenar y jamás lo hicimos. Estuvimos en mi restaurante favorito y no llegamos a disfrutar de la comida.

Parpadeó y cerró las manos con fuerza.

–¿Has venido porque nos perdimos una buena cena?

–Se suponía que debía ser una velada especial.

La ponía furiosa. Se sacudió interiormente. Ahí estaba, agotada por el trabajo, con náuseas por el embarazo, preocupada por su futuro, ¿y él sólo podía pensar en una comida?

–¿Por qué no le pides a tu piloto que te lleve de vuelta a Kithira para que puedas disfrutar de esa deliciosa cena? –espetó.

–Pero eso no te ayudaría. Seguirías sin saber la comida deliciosa que te has perdido –señaló hacia el salón–. De modo que he traído esa cena a ti.

–¿Qué?

–No permitiría que volaras en tu estado, y me preocupa el bebé.

–¿Qué bebé? –soltó, atragantada.

–Nuestro bebé –repuso con sencillez, dirigiéndose hacia el salón, que se había transformado mientras estaban en la cocina.

El dueño del restaurante de Kithira, junto con el camarero que les había servido aquella noche, habían puesto la mesa. Habían apagado la luz y encendido velas, y en alguna parte sonó música.

Habían convertido su salón en una taberna griega. Permaneció quieta, sin ser capaz de asimilarlo todo.

–¿Qué está pasando?

Kristian se encogió de hombros.

–Vamos a tener esa cena esta noche –se acercó a la mesa y le apartó una silla–. Un bebé griego necesita comida griega.

–Kristian...

–Es verdad –su expresión se endureció–. Vas a tener a nuestro bebé.

–Mi bebé.

–Nuestro –corrigió con firmeza–. Es *nuestro* bebé –le clavó la vista–. ¿Verdad?

Sintió que se le humedecían los ojos. Dos meses sin una palabra de él. Dos meses sin una disculpa, sin remordimientos, sin arrepentimiento. Dos meses de doloroso silencio... para llegar a esa exhibición de poder en su salón.

–Sé que no te has estado sintiendo bien –continuó él–. Lo sé porque he estado en Londres, recibiendo informes de tu estado.

Débilmente, ella se sentó... no a la mesa, sino en una de los sillones de su salón.

–Me consideras una cazafortunas.

–¿Una cazafortunas? ¿Grace Stile? ¿Una mujer tan rica como Athina Onassis Roussel?

–No quiero hablar de Grace Stile.

–Yo sí –se sentó frente a ella–. Y quiero hablar sobre Nico y Cosima y los demás personajes sórdidos que aparecen en nuestro pequeño drama griego.

El camarero y el dueño del restaurante habían desaparecido en la cocina. El olor procedente de allí hizo que le crujiera el estómago.

–Sé que Nico te hizo pasar por un infierno en tu matrimonio –prosiguió–. Sé que el divorcio fue incluso peor. No te culpo por cambiarte el nombre, por trasladarte a Inglaterra y querer convertirte en otra persona. Pero –añadió–, me molestó mucho no poder verte, no poder evaluar la situación por mis propios medios aquella noche en el castillo de Kithira.

Ella juntó los dedos para que no se viera que le temblaban.

–Aquella noche fue una pesadilla. Sólo quiero olvidarla. Olvidarlos a ellos. Y también olvidar a Grace.

–Yo no puedo olvidar a Grace –la escrutó–. Porque es hermosa. Y porque ella es tú.

Todo en su interior le dolió al mismo tiempo.

–No soy hermosa.

–Lo fuiste como debutante neoyorquina y ahora lo

eres incluso más. Y no tiene nada que ver con tu nombre ni con la fortuna Stile. Nada que ver con tu matrimonio, tu divorcio o tu trabajo. Eres tú, Grace Elizabeth.

—No me conoces —susurró.

—Sí que te conozco. Porque durante dos semanas viví contigo, trabajé contigo, cené contigo y tú me cambiaste. Me salvaste...

—No.

—Elizabeth, yo no quería vivir después del accidente. No quería sentir tanta pérdida y dolor. Pero, de algún modo, tú me brindaste una ventana de luz y de esperanza. Hiciste que creyera que las cosas podían ser diferentes. Mejores.

—No fui tan buena, o agradable.

—No, no fuiste agradable. Pero sí fuerte. Dura. Y no permitiste que me rindiera. Y yo necesitaba eso. Te necesitaba a ti —hizo una pausa—. Y todavía te necesito.

Ella cerró los ojos.

Él alargó la mano y le acarició la mejilla.

—No llores —murmuró—. Por favor, no llores.

Se mordió el labio para contener las lágrimas.

—Si me necesitabas, ¿por qué me dejaste marchar?

—Porque no me sentía digno de ti. No me sentía un hombre que te mereciera.

—Kristian...

—Aquella noche comprendí que si hubiera podido ver, habría tenido el control en el castillo de Kithira. Habría leído la situación, entendido lo que sucedía. A cambio, permanecí en la oscuridad, literal y figuradamente y eso me enfureció. Me sentí atrapado. Impotente. Mi ceguera creaba ignorancia. Miedo. Soy un hombre que cuida de su mujer —prosiguió con serenidad—. Odié no poder cuidar de ti. Y tú eres mi mujer. Has sido mía desde el momento que llegaste a Taygetos en aquel ridículo carro tirado por burro.

Ella esbozó una sonrisa trémula.

—Fue el viaje más largo e incómodo de mi vida.

—Elizabeth, *latrea mou*, te amé desde el primer día que te vi. Tu valor me conquistó. Y tu compasión. Tu amabilidad y tu fuerza. Todas esas virtudes de las que hablaste en Kithira. Me dijiste que las apariencias no importan. Dijiste que había virtudes más importantes y estoy de acuerdo. Sí, eres hermosa, pero yo no pude ver tu hermosura hasta hoy. No necesitaba tu belleza ni el apellido Stile, ni tu herencia para conquistarme. Sólo te necesitaba a ti. Conmigo.

—Kristian...

—Sigo necesitándote.

Alzó la vista con ojos húmedos.

En ese momento apareció el propietario del restaurante.

—La cena está lista —dijo con severidad—. Y esta noche debéis comer los dos.

Elizabeth se unió a Kristian y por primera en semanas vez disfrutó de la comida. La verdad era que todo estaba maravilloso. Los sabores eran más que brillantes. Compartieron cordero marinado, pescado con tomates y grosellas, pulpo asado, que declinó, y mientras comía no fue capaz de dejar de mirar a Kristian.

Lo había echado de menos más de lo que había imaginado.

El simple hecho de tenerlo allí con ella, hacía que todo estuviera bien. Emocionalmente, se sentía otra vez feliz y apacible.

Mirándolo, se le ocurrió una cosa.

—¿Sabes?, Cosima dijo... —comenzó antes de callar.

Había vuelto a hacerlo. Cosima. Siempre Cosima–. ¿Por qué no paro de hablar de ella?

–No lo sé. Pero bien puedes decirme qué dijo. Ya puedo oírlo todo.

–No es nada... importante. Olvidémoslo.

–No. Tú sacaste el tema, de modo que es evidente que lo tienes en la cabeza. ¿Qué dijo Cosima?

Se reprendió mentalmente. Cuando todo iba de maravilla, repetía lo mismo que en el castillo. Frunció la nariz.

–Lo siento, Kristian.

–Vamos. ¿Qué dijo?

–Que antes del accidente, eras un playboy empedernido. Que podías conseguir que cualquier mujer comiera de tu mano. Sólo pensaba en lo que había dicho.

Kristian tosió y se ruborizó un poco.

–Jamás he sido un playboy.

–Al parecer, las mujeres son incapaz de resistirte.

–No es verdad –la miró dolido.

–¿O sea que no tuviste dos citas en dos continentes diferentes en el mismo día?

–Tanto geográfica como físicamente es imposible.

–A menos que volaras de Sydney a Los Ángeles.

Él hizo una mueca.

–Fue una situación única, que no se repitió. De no haber cruzado zonas horarias, no habría sido en el mismo día.

Elizabeth sonrió levemente.

–¿Echas de menos ese estilo de vida?

–No... Dios, no –fue su turno de sonreír–. Ser un playboy no es un paseo –se mofó–. Algunos hombres envidiaban el número de relaciones que yo tenía, pero era realmente exigente tratar de mantener contentas a todas las mujeres.

–No tienes vergüenza –comentó, divertida.

–No, pero jamás he necesitado la vista para saber que te amo. Que siempre te amaré. Y que sólo quiero pasar el resto de mi vida contigo –se puso de pie y fue a arrodillarse a su lado–. Cásate conmigo, *latrea mou* –pidió–. Cásate conmigo. Vive conmigo. No quiero vivir sin ti.

La petición la dejó atónita y la asustó. No es que no lo quisiera, desde luego que sí, pero... *matrimonio*. Con otro magnate griego.

Se echó para atrás en la silla.

–Kristian, no puedo... Lo siento, no puedo.

–¿No quieres estar conmigo?

Era lo único que quería, pero el matrimonio la aterraba. Para ella, representaba un abuso de poder y de control, y jamás quería volver a estar atrapada de esa manera.

–Quiero estar contigo... pero el matrimonio... –la voz se le quebró. Se sentía arrinconada y no sabía adónde ir.

Se retiró a la única habitación adicional, su dormitorio, pero Kristian la siguió.

–Tú me acusaste a mí de ser un cobarde por negarme a recuperarme –le recordó–. Dijiste que necesitaba ponerme de pie y regresar a la tierra de los vivos. Quizá ya es hora de que dejes de esconderte de la vida y también empieces a vivir –ella retrocedió, pero la siguió con determinación–. Estar contigo es bueno. Es estupendo. Me hace feliz y sé que yo también te hice feliz, aunque no pudiera verlo. No dejaré que esa felicidad se escape. Tampoco dejaré que tú te escapes. Somos el uno para el otro.

Quedó arrinconada cerca de su cama, con el corazón desbocado.

–Tú –añadió Kristian, tomándole las manos cerradas y besándoselas–, eres para mí.

Y al besarla, Elizabeth sintió que parte de la terrible tensión que le atenazaba el corazón se mitigaba. Su contacto la calmaba. Su simple calidez la hacía sentir segura. Protegida.

–Tengo miedo –susurró.

–Lo sé. Has tenido miedo desde que perdiste a tus padres. Por eso te casaste con Nico. Pensaste que él te protegería, que cuidaría de ti. Pensaste que con él estarías a salvo.

Las lágrimas le inundaron los ojos.

–Pero no fue así.

La pegó a su pecho.

–Yo no soy Nico y jamás podría hacerte daño. No cuando quiero amarte y tener una familia contigo. No cuando quiero pasar el resto de mi vida contigo. Todo lo que he hecho –agregó, alzándole la cara para besarle la frente–, desde aprender a caminar otra vez hasta arriesgarme a la operación de los ojos, fue para que me ayudara a volver a ser un hombre... un hombre digno de ti.

–Pero yo no soy la mujer adecuada...

–¿Qué? *Latrea mou*, ¡mírate! Puede que te aterre el matrimonio, pero yo no te aterro –bajó la voz–. Sé que soy una especie de monstruo, eso he oído decir a la gente, pero a ti jamás te ha importado el aspecto de mi cara...

–Tu cara me *encanta*.

–No te inclinas ante mí –le apretó las manos–. Me hablas, ríes conmigo, me haces el amor. Y logras que me sienta entero. Contigo estoy completo.

Era exactamente como él hacía que se sintiera. Entera. Completa.

–Si me amas –prosiguió Kristian–, pero realmente no puedes encarar el matrimonio, entonces, no nos casemos. No hagamos nada que haga que te sientas atrapada o preocupada. No necesito una ceremonia o ponerte un anillo caro en el dedo para sentir que eres mía, porque ya lo eres. Lo sé, lo siento, lo creo... es tan simple y, al mismo tiempo, tan complicado como eso.

Elizabeth lo miró, incapaz de creer en su transformación. Era como un hombre diferente del que había conocido hacía casi tres meses. En todos los aspectos.

–¿Qué pasa? –preguntó él–. ¿Me he equivocado? Quizá no sientas lo mismo.

La súbita agonía en su maravillosa cara estuvo a punto de romperle el corazón.

–Bésame –suplicó.

Lo hizo. Le cubrió la boca con los labios y el beso se profundizó de inmediato. Ése era su hombre. Y la amaba. Y ella lo amaba más de lo que jamás podría amar a alguien.

Se acercó a él y lo rodeó con los brazos para pegarlo a su cuerpo. La calidez que emanaba de Kristian le dio calor y consuelo.

–Y a mí no me importa si nos casamos –añadió–, o si vivimos juntos, siempre que estemos juntos. Quiero estar contigo todos los días de mi vida.

Él retiró la cabeza y le sonrió.

–Grace Elizabeth...

–Cada día, hasta el fin de los tiempos.

–Hecho –bajó la cabeza y volvió a besarla–. Ya no hay escapatoria.

–Supongo que si no vas a dejar que escape, bien podemos hacerlo legal.

–¿Has cambiado de parecer?

Ella asintió con un nudo en la garganta, las lágrimas brillando en sus ojos.

–Pídemelo otra vez. Por favor.

–¿Quieres casarte conmigo, *latrea mou*? –murmuró, la voz ronca por la emoción.

–Sí.

–¿Por qué has cambiado de parecer? –le preguntó después de volverla a besar.

–Porque el amor –murmuró, abrazándolo con fuerza– es más fuerte que el miedo. Y, Kristian Koumantaros, yo te amo con todo mi corazón. No quiero estar con nadie más que contigo.

Bianca®

**Su obligación como príncipe del desierto establecía
que jamás debía mezclar los negocios con el placer…**

El implacable sultán Tariq bin Omar al-Sharma podía tener todo aquello que quisiera. Hasta aquel momento la única excepción a esa regla había sido la bella heredera de un imperio petrolero Farrah Tyndall, a quien había perdido al acabar su breve e intenso romance. Los sueños románticos de Farrah se rompieron al descubrir que Tariq la deseaba… pero sólo en su cama.

Cinco años más tarde, Tariq necesitaba asegurarse un importante acuerdo comercial y, para cerrar el trato, debía casarse con Farrah. Después de haberle roto el corazón, ahora tendría que arreglarlo… y convencerla de que volviera a amarlo una vez más.

La mujer del sultán

Sarah Morgan

Acepte 2 de nuestras mejores novelas de amor GRATIS

¡Y reciba un regalo sorpresa!

Oferta especial de tiempo limitado

Rellene el cupón y envíelo a

Harlequin Reader Service®
3010 Walden Ave.
P.O. Box 1867
Buffalo, N.Y. 14240-1867

¡Sí! Por favor, envíenme 2 novelas de amor de Harlequin (1 Bianca® y 1 Deseo®) gratis, más el regalo sorpresa. Luego remítanme 4 novelas nuevas todos los meses, las cuales recibiré mucho antes de que aparezcan en librerías, y factúrenme al bajo precio de $3,24 cada una, más $0,25 por envío e impuesto de ventas, si corresponde*. Este es el precio total, y es un ahorro de casi el 20% sobre el precio de portada. !Una oferta excelente! Entiendo que el hecho de aceptar estos libros y el regalo no me obliga en forma alguna a la compra de libros adicionales. Y también que puedo devolver cualquier envío y cancelar en cualquier momento. Aún si decido no comprar ningún otro libro de Harlequin, los 2 libros gratis y el regalo sorpresa son míos para siempre.

416 LBN DU7N

Nombre y apellido	(Por favor, letra de molde)	
Dirección	Apartamento No.	
Ciudad	Estado	Zona postal

Esta oferta se limita a un pedido por hogar y no está disponible para los subscriptores actuales de Deseo® y Bianca®.
*Los términos y precios quedan sujetos a cambios sin aviso previo.
Impuestos de ventas aplican en N.Y.

SPN-03

©2003 Harlequin Enterprises Limited

Deseo®

Amante soñado
Barbara McCauley

En busca de un inusual purasangre
del rancho Blackhawk, el millonario
D.J. Bradshaw acabó teniendo que
aceptar también la compañía de Alaina Blackhawk. Alaina se negaba a se-
pararse del carísimo caballo, por lo
que D.J. le dio dos semanas para preparar al animal... dos semanas que
tendría que pasar en casa de D.J. Y si
aquel solitario vaquero conseguía lo
que quería, Alaina estaría en su cama
antes de que acabaran las dos semanas. Pero si la famosa adiestradora
de caballos pensaba que iba a do-
mesticar a aquel soltero empedernido,
iba a llevarse la sorpresa de su vida.

**Dos semanas bajo el mismo techo...
¿Quién conseguiría domar a quién?**